ESCÁNDALO REAL

CAT SCHIELD

HARLEQUIN™

Editado por Harlequin Ibérica.
Una división de HarperCollins Ibérica, S.A.
Núñez de Balboa, 56
28001 Madrid

© 2016 Catherine Schield
© 2018 Harlequin Ibérica, una división de HarperCollins Ibérica, S.A.
Escándalo real, n.º 151 - 15.3.18
Título original: Secret Child, Royal Scandal
Publicada originalmente por Harlequin Enterprises, Ltd.

I.S.B.N.: 978-84-9170-823-0
Depósito legal: M-689-2018
Impresión en CPI (Barcelona)
Fecha impresion para Argentina: 11.9.18
Distribuidor exclusivo para España: LOGISTA
Distribuidor para México: Distibuidora Intermex, S.A. de C.V.
Distribuidores para Argentina: Interior, DGP, S.A. Alvarado 2118.
Cap. Fed./Buenos Aires y Gran Buenos Aires, VACCARO HNOS.

Capítulo Uno

El príncipe Christian Alessandro, tercero en la línea de sucesión al trono de Sherdana, situado entre el rey actual y el futuro, dirigió una mirada fulminante a la cámara. Era consciente de que estaba echando a perder las fotos de la fantástica boda de Nic y Brooke, pero le daba igual. La esperanza que albergaba de seguir siendo un despreocupado playboy durante el resto de su vida se había desvanecido en cuanto su hermano había mirado a los ojos a su novia y le había prometido amarla y respetarla hasta el día de su muerte.

Christian gruñó.

—Sonrían —dijo el fotógrafo, dirigiendo una mirada nerviosa hacia Christian—. Esta es la última foto de la familia. A ver si es la mejor.

A pesar de su mal humor, Christian trató de relajar la expresión. Era incapaz de sonreír, pero al menos su hermano tendría una foto decente. A pesar de que aquel matrimonio iba a alterar su vida para siempre, estaba decidido a hacer un esfuerzo y mostrarse feliz por Nic y Brooke. De momento, se pondría una máscara.

—Vayamos allí.

El fotógrafo señaló un pequeño puente de piedra que salvaba un riachuelo.

Más allá, el camino serpenteaba hacia los establos. Christian prefería la potencia de un coche a la de un caballo, pero estaba dispuesto a llevar a sus sobrinas a ver a los ponis solo para alejarse. No era la primera vez que Bethany y Karina llevaban las arras en una boda. Aquella era la segunda boda real a la que asistían en cuatro meses y, a sus dos años de edad, ya no paraban quietas para la sesión de fotos. Christian lo entendía perfectamente.

Desde el accidente que había sufrido cinco años atrás, siempre que podía evitaba las cámaras. Las cicatrices de las quemaduras que tenía en el hombro, cuello y mejilla de su lado derecho lo había convertido en el trillizo menos atractivo. Pero no le preocupaba su aspecto. Su título, su dinero y su fama de conquistador lo hacían irresistible para las mujeres.

Al menos, para la mayoría de las mujeres.

Paseó la mirada por la multitud de asistentes. El personal del palacio estaba atento a todos los detalles de la boda, mientras la sesión de fotos continuaba. Pendiente de todos los movimientos de la novia estaba una mujer menuda, morena y de ojos marrones: la diseñadora de renombre internacional Noelle Dubone, quien había diseñado el vestido de Brooke, así como en su día el de la cuñada de Christian, la princesa Olivia Alessandro.

Nacida en Sherdana, Noelle se había ido a vivir a París a los veintidós años para hacer realidad su sueño de convertirse en diseñadora de moda. Le había ido bastante bien hasta que tres años atrás había diseñado el vestido de boda de la esposa del príncipe italiano Paolo Gizzi. El enlace había tenido tanta cobertura mediática que Noelle había alcanzado el éxito de la noche a la mañana. Actrices, aristócratas y millonarias se habían vuelto locas por poseer piezas de Noelle Dubone.

—¿Te estás imaginando tu propia boda? —preguntó una voz femenina a su espalda.

Christian se volvió y miró con desagrado a su hermana. En su opinión, Ariana lo observaba con cierto aire de burla y suficiencia.

—No.

La proporcionada figura de azul y gris volvió a llamar su atención.

Noelle Dubone. La única mujer en el mundo que había estado a punto de domar al príncipe más salvaje de los Alessandro. No había estado a la altura de ella. No se había merecido que la tratara tan mal. Lo había hecho por el bien de ella y eso era lo que le permitía dormir por la noche.

—Pues deberías hacerlo —dijo Ariana—. El futuro del reino está en tus manos.

Con un vestido hasta la rodilla de mangas largas y vaporosas, se la veía elegante a la vez que desinhibida. Creadora de tendencias, su atuendo con bordados dorados estaba a caballo entre atrevido y recatado. Unas estratégicas franjas transparentes dejaban entrever sus hombros y sus muslos más de lo que era apropiado para una boda.

Christian hizo una mueca.

—Papá nunca ha estado mejor de salud y a Gabriel le queda mucha vida por delante, así que cuento con tener tiempo suficiente para elegir esposa y dejarla embarazada.

Solo de pensarlo, sentía la necesidad de tomarse una copa. Desde que Nic había renunciado a sus derechos dinásticos al trono de Sherdana para casarse con una estadounidense, su madre no había dejado de recordarle que ya no era libre para excederse con el alcohol y las mujeres. La idea de tener que encauzar su vida después de haberla pasado divirtiéndose era aterradora. Siendo el hermano más pequeño, no había tenido que preocuparse de nada.

Gabriel, el mayor, era el responsable, el futuro rey. Nic, el mediano, era el gran olvidado. A los veintipocos años se había marchado a Estados Unidos para convertirse en un científico.

Christian era el pequeño mimado. Sus hazañas habían servido para llenar los tabloides desde que con catorce años lo pillaran con una de las doncellas.

Con veinte años había armado un buen lío en Londres. Había dado las mejores fiestas, había bebido sin parar y había gastado dinero a espuertas. Cuando sus padres le habían retirado su asignación, se había dedicado a comprar y vender empresas. No le había interesado triunfar, tan solo había querido divertirse. A los veinticinco, algunas de sus operaciones más arriesgadas le habían explotado en su propia cara.

Ahora, pasados los treinta, tenía que renunciar a aquella vida libertina por la Corona.

—Eso es lo que tú piensas —dijo Ariana—. Mamá me ha enseñado la lista de las candidatas. Mide casi un metro.

—No necesito su ayuda ni la de nadie para encontrar una esposa.

–Tampoco Gabriel ni Nic y mira cómo ha salido todo.

Gabriel había hecho un gesto inmensamente romántico cinco meses atrás fugándose para casarse en secreto con una mujer que no podía darle hijos, dejando que sus hermanos cargaran con el muerto de las responsabilidades monárquicas.

Christian, siendo el más pequeño, había asumido que las obligaciones recaerían en Nic. Para que la familia Alessandro siguiera ocupando el trono, uno de los tres príncipes tenía que engendrar un heredero. Pero antes de que Nic pudiera empezar a buscar esposa entre las féminas de Sherdana o las casas nobles europeas, una belleza estadounidense, Brooke Davis, le había robado el corazón. Y, con la boda que acaba de celebrarse ese mismo día, todas las obligaciones recaían en Christian.

–Puedo encontrar esposa sin ayuda de mamá.

Ariana emitió un sonido poco digno de una princesa.

–Por tus brazos han pasado la mitad de las mujeres de Europa.

–No exageres.

–Seguramente entre todas esas mujeres con las que has estado, hay alguna que te guste.

–Que me guste, sí –replicó Christian, conteniendo el deseo de volver a mirar a Noelle–, pero no hay ninguna con la que quiera pasar el resto de mi vida.

–Pues será mejor que encuentres alguna.

Christian apretó los dientes y no contestó. Sabía que Ariana tenía razón. El precio que tenía que pagar por ser miembro de una familia real

7

no siempre compensaba. Gabriel había tenido la suerte de elegir casarse con Olivia antes de darse cuenta de que estaba enamorado de ella, a pesar de que siempre había antepuesto sus obligaciones a los deseos de su corazón.

Nic había tenido el mismo problema con Brooke. También él había sido consciente de que debía renunciar a ella para casarse con una mujer cuyos hijos pudieran algún día llegar a ser rey.

Al final, ambos habían elegido el amor por encima del deber, con lo que a Christian no le quedaba otra que cumplir con la obligación.

Uno de los ayudantes del fotógrafo se acercó para reclamar su presencia en otra tanda de fotos, poniendo fin a su conversación. Christian se enfrentó a otra tediosa hora de posados junto a sus hermanos, sus padres los reyes y otros miembros de la familia. Cuando la sesión terminó, estaba deseando darse a la bebida.

Lo que le detuvo de salir corriendo hacia la barra fue Noelle.

Le pareció lo más natural acercarse a ella y tomarla por la cintura. A continuación le dio un beso en la mejilla como había hecho cientos de veces antes, una costumbre de la época en la que había sentido un gran afecto por ella. Durante un microsegundo, ella se relajó junto a su cuerpo, aceptando su roce como si no hubiera pasado el tiempo. Pero enseguida se puso rígida.

–Estás muy guapa –le murmuró al oído.

–Gracias, alteza –replicó ella, dando un paso al lado para apartarse.

—Camina conmigo.

Fue más una orden que una invitación.

—No debería irme de la fiesta —dijo mirando hacia los novios con la esperanza de que alguien la reclamara.

—Ya se han terminado las fotos. La novia ya no necesita a la diseñadora de su vestido. Me gustaría charlar contigo y que nos pusiéramos al día. Ha pasado mucho tiempo.

—Como deseéis, alteza.

Noelle hizo una reverencia y apartó la mirada, para fastidio de Christian.

Los jardines del palacio eran extensos y la reina se encargaba personalmente de supervisar su mantenimiento. La vegetación más cercana al palacio que ocupaba la familia real había sido elegida en función de los cambios de colores que se producían con las estaciones. Aquella era la parte más fotografiada del jardín, y estaba llena de sendas y fuentes.

En la zona más alejada del palacio, el jardín daba paso a un bosque. Christian la condujo hacia un pequeño grupo de árboles que daban buena sombra. Allí estarían más aislados.

—Te va muy bien como diseñadora.

A Christian no le gustaba andarse por las ramas , y menos aún con Noelle. Pero ¿cómo empezar una conversación cordial con alguien que había sido su amante y a quien había hecho daño, aunque fuera con la convicción de que era por su propio bien?

—He tenido suerte y he sabido aprovechar la oportunidad.

–Se te olvida mencionar el talento. Siempre supe que triunfarías.

–Muy amable.

–Te he echado de menos.

Lo dijo sin pensar y se sorprendió a sí mismo. Su única intención era agradarla con sus halagos y conseguir que sonriera como solía hacerlo, no abrirle su corazón.

Por primera vez, sus miradas se cruzaron. Su corazón dio un vuelco al encontrarse con sus ojos. A cierta distancia se veían del color de las avellanas, pero de cerca eran verdes con un brillante tono marrón alrededor de las pupilas. En el pasado, había dedicado horas a contemplar aquellos ojos, especialmente en las sobremesas o mientras pasaban la mañana en la cama.

–Estoy segura de que eso no es cierto.

–Puede que no fuera el hombre que pensabas, pero eso no significa que no me importe –dijo, deseando acariciar su cálida piel.

–No intentes adularme. Te venía bien meterte en mi cama cuando te hartabas de fiestas. Recurrías a mí cuando te cansabas de tus amigos superficiales y de su comportamiento interesado. Y al final, me apartaste de tu vida como si aquellos dos años juntos no hubieran significado nada.

«Fue por tu propio bien».

–Y mira cómo has prosperado. Te fuiste a vivir a París y te convertiste en una diseñadora de fama internacional.

Parecía haberse puesto a la defensiva, y no era aquel el tono que quería emplear con ella.

–¿Es eso lo que piensas que quería, fama y fortuna?

Se le escapó un resoplido que bien habría podido tomarse por una sonrisa si no hubiera estado frunciendo el ceño.

–Un talento como el tuyo no debería echarse a perder.

–¿Quieres que te dé las gracias? –preguntó ella con ironía.

Durante el tiempo que habían estado juntos, había sido más sincero con ella que con cualquier otra persona, incluidos sus hermanos. Quizá confiaba tanto en Noelle porque habían sido amigos antes de convertirse en amantes. Gracias a su franqueza y su simpatía, se había sentido cómodo para hablarle abiertamente de sus miedos y dudas. Y debido a eso, ella había conocido su lado más oscuro.

–No.

–Entonces, ¿por qué estamos manteniendo esta conversación después de cinco años sin tener contacto?

Porque una vez más necesitaba su apoyo y consuelo. La presión de tener que engendrar al futuro heredero del trono de Sherdana estaba sacando lo peor de él.

–Te necesito.

–Ya no soy aquella chica –dijo con expresión de consternación–. Y aunque lo fuera, hay otras cosas en mi vida que tienen prioridad por encima de…

Como si se acabara de dar cuenta de lo que estaba a punto de decirle a su príncipe, Noelle tomó aire y se mordió los labios. Escogió cuidadosamente sus siguientes palabras y atemperó su tono.

–Ya no estoy en situación de ser amiga tuya –concluyó.

Christian captó el mensaje alto y claro. No quería tener nada que ver con él, ni como confidente, ni como amiga, ni como amante.

Antes de poder decir nada, volvió a dirigirse a él con aquel tono que tanto le fastidiaba.

–Disculpadme, alteza, tengo que volver a la fiesta.

Christian la vio desaparecer por el camino y se asombró por la facilidad de cómo lo había echado todo a perder. Era lógico que no quisiera nada con él. Una y otra vez le había demostrado que solo le traía problemas.

Pero después de haberla vuelto a ver, sabía que para poder soportar los siguientes meses buscando una esposa y dedicándose a la tarea de engendrar al siguiente heredero al trono, iba a necesitar una persona amiga a su lado. Y había habido una época en la que Noelle había sido la única a la que le había confiado sus problemas.

Necesitaba desesperadamente su apoyo y, estaba decidido a persuadirla para conseguirlo.

El aire de la noche acompañó a Noelle al entrar en la cocina de su pequeña y confortable casa de campo, trayendo los olores a tierra propios del otoño. Aunque había disfrutado mucho sus años de estancia en París, había echado de menos vivir en el campo y llevar un ritmo de vida tranquilo. Además, un niño con tanta energía como su hijo necesitaba espacio para correr.

Dejó en la encimera los tomates que acababa de recoger. Su huerta estaba llegando al final de la temporada y pronto recolectaría los últimos tomates, hierbas aromáticas y calabazas. El otoño era su estación favorita. Los intensos tonos dorados, verdes y rojizos de las colinas que rodeaban su casa le servían de inspiración para sus diseños. Uno de los inconvenientes de su éxito como diseñadora de vestidos de novia era que su paleta de colores se limitaba a blancos y cremas, y algún que otro tono pastel.

–¡Mamá!

Antes de que pudiera darse cuenta, apareció correteando su hijo. Se agachó y lo rodeó con los brazos, sonriendo. Como la mayoría de los niños de cuatro años, era un torrente de energía, y enseguida devolvió el abrazo a su madre.

–¿Te has divertido esta tarde con la abuela?

La madre de Noelle vivía con ellos y cuidaba de Marc mientras Noelle trabajaba. Sin esperar la respuesta de su hijo, miró a su madre.

–Ha sido un buen chico –dijo Mara Dubone.

Noelle esperaba que fuera verdad. En los últimos seis meses, Marc estaba cada vez más revoltoso y apenas obedecía a su abuela. Mara adoraba a su nieto y siempre lo defendía, y a Noelle le preocupaba que cada vez le resultara más difícil a su madre hacerse cargo del pequeño.

–Me he portado bien –dijo Marc.

Sus ojos de bronce dorado brillaron con sinceridad, y Noelle suspiró. Luego, tomó su rostro entre las manos, sonrió y se quedó observando aquellas facciones tan parecidas a las del padre.

13

–Qué contenta estoy.

Tenía la misma habilidad que su padre para meterse en líos, y también su encanto. La idea le causó cierta ansiedad. El encuentro de aquella tarde con Christian la había dejado intranquila. Después de cinco años sin saber nada de él, se había acercado a ella. No había podido evitar que su corazón latiera desbocado.

–¿Por qué no subes y te vas lavando los dientes? –dijo Mara–. Tu madre subirá enseguida a leerte un cuento, en cuanto te pongas el pijama y te metas en la cama.

–Sí.

Con su habitual entusiasmo, Marc corrió escalera arriba, haciendo resonar sus pisadas en los escalones de madera que llevaban al segundo piso.

–¿De verdad se ha portado bien? –preguntó Noelle nada más quedarse a solas con su madre.

Mara suspiró.

–Es un niño maravilloso, pero tiene mucha energía y necesita mano firme –respondió, y esbozó una sonrisa burlona–. Lo que necesita es una figura masculina que pueda encauzar esa energía en actividades propias de hombres.

No era la primera vez que su madre le hacía ese comentario. Noelle asintió, como solía hacerlo.

–Los amigos de Marc van de pesca con sus padres el fin de semana que viene. El padre de Phillip se ha ofrecido a llevar a Marc. Quizá debería aceptar su ofrecimiento.

–No es eso lo que quería decir y lo sabes –dijo Mara poniendo los brazos en jarras y sacudiendo la cabeza–. Ya no eres una jovencita. Es hora de que dejes de pensar en ese príncipe. Han pasado casi cinco años. Tienes que pasar página.

–Ya no pienso en Christian y hace tiempo que lo superé. Tengo un negocio que me consume mucho tiempo y un hijo que se merece toda la atención de su madre.

La madre de Noelle resopló y se dirigió a la escalera. Desde arriba se oían una serie de fuertes golpes, probablemente la última descarga de energía de Marc antes de meterse en la cama.

Noelle volvió a la cocina para apagar la luz y luego hizo lo mismo en el comedor y en el salón, antes de dirigirse hacia los dormitorios. Antes de subir los escalones, se detuvo un momento a escuchar los sonidos de su familia, el tono paciente y firme de su madre y las risas alegres y enérgicas de su hijo.

Unos golpes en la puerta sacaron a Noelle de su ensimismamiento. Miró la hora en el reloj de la chimenea. Las nueve menos cuarto. ¿Quién había ido a visitarla a aquella hora?

Aunque su granja se asentaba en un terreno de media hectárea, nunca le había dado miedo aquel aislamiento. Tenía vecinos en todas direcciones que vigilaban por ella y por su familia. Quizá alguna de sus cabras había vuelto a escaparse. La cerca del prado que daba al este estaba rota.

Encendió la luz del vestíbulo y abrió la puerta. Su sonrisa se borró de sus labios nada más ver al hombre que estaba en su puerta.

–¡Christian!

En sus ojos dorados se veía determinación. En la boda de su hermano le había resultado sencillo ahuyentar al príncipe arrogante que se había atrevido a tomarla de la cintura y besarla en la mejilla.

–Buenas noches, Noelle.

La ansiedad se apoderó de ella. Siempre había sido muy celosa de su vida personal. La repentina aparición del príncipe Christian Alessandro ponía en peligro su privacidad.

–¿Qué estás haciendo aquí?

–No pudimos acabar nuestra conversación de antes.

–Son casi las nueve de la noche.

–He traído vino –dijo mostrándole una botella de su vino tinto favorito.

Luego esbozó una medio sonrisa y le dirigió aquella mirada seductora que nunca había sido capaz de resistir.

–¿Qué tal si me dejas pasar? –añadió.

Ella se cruzó de brazos, rechazando su ofrecimiento de paz.

–Ya te lo he dicho, no soy la misma que cuando estábamos juntos.

Le había dicho lo mismo aquella misma tarde, pero era evidente que no la había escuchado.

–No puedes venir sin avisar y esperar que te deje pasar.

–Estás enfadada porque no te he llamado.

¿Era su manera de disculparse por no haberla llamado?

–Han pasado cinco años.

Media década en la que su vida había dado un

gran cambio. Tuvo que hacer acopio de toda su fuerza de voluntad para evitar echarlo a empujones de su casa y cerrarle la puerta en las narices.

–Sé el tiempo que ha pasado, y hablaba en serio cuando te dije que te había echado de menos. Me gustaría pasar y que me contaras cómo te va la vida.

–Hace dos años que volví a Carone. ¿Por qué ahora?

–Mientras hablaba contigo hoy, un montón de buenos recuerdos me asaltaron. Hubo algo bonito entre nosotros.

–Tú lo has dicho, hubo. Tengo una vida maravillosa, me siento feliz y completa. Ya no hay sitio en ella para ti ni para tus tonterías.

Un escalofrío la recorrió al recordar sus caricias.

–Yo tampoco soy el mismo hombre que era.

Por lo que había leído sobre él en los últimos años, parecía que había cambiado, pero no era motivo suficiente para invitarle a pasar.

–Lo que hubo o dejó de haber entre nosotros pertenece al pasado.

Al instante, Noelle se arrepintió de sus palabras.

–¿Lo que hubo o dejó de haber? –repitió él desafiante–. ¿Pretendes negar que fuimos amigos?

¿Amigos?

¿Era eso lo que la consideraba después de pasar horas haciéndole el amor?

Noelle había apretado los puños al oírle decir aquello y trató de tranquilizarse. Eso le fastidiaba tanto como cuando le había dicho que no tenían futuro y que se fuera a París y aceptara el empleo con el diseñador Matteo Pizzaro.

–¿Qué quieres, Christian? –preguntó en tono frío, con intención de molestarlo.

Pero no lo consiguió.

–Nunca dejas pasar una –dijo decidido, olvidándose de todo intento de encandilarla–. ¿Puedo entrar? Necesito hablar contigo.

–Es tarde.

Desde el piso de arriba, llegaron los sonidos de unas pisadas. Marc se estaba poniendo impaciente y en cualquier momento aparecería para ver qué pasaba.

–Quizás a finales de semana podríamos quedar a tomar un café.

–Preferiría una cena privada, solos tú y yo, como en los viejos tiempos. Quizá podrías venir a mi casa. Tengo que hablar contigo de unos asuntos y no quisiera hacerlo en un lugar público.

La amargura se apoderó de ella. Nunca se había dejado ver con ella. Se quedó estudiando su expresión. No había duda alguna de que había ido a verla con alguna intención. Pero tenía la impresión de que lo que iba a decirle no tenía nada que ver con su hijo. Hasta ese momento, su secreto había estado a salvo. Si hubiera sabido algo de Marc, se habría referido a él nada más llegar. ¿Qué era lo que le había llevado hasta allí?

–Me temo que tengo las tardes ocupadas. Quizá podría pasarme por tu oficina.

Su mayor alegría era pasar tiempo con su hijo, teniendo en cuenta lo deprisa que estaba creciendo, y le molestaba cualquier intromisión.

Las pisadas de Marc bajando los escalones de

uno en uno resonaban en la escalera. El corazón le latía desbocado. Tenía que poner fin a su conversación con Christian antes de que su hijo apareciera.

–Llámame, hablaremos la semana que viene. Ahora mismo tengo que irme.

Hizo ademán de cerrar la puerta, pero Christian puso la mano y lo evitó. Los pasos de Marc retumbaban en el suelo de madera. Cada vez estaba más cerca.

–De acuerdo, cenaré contigo.

–Mamá, ¿dónde estás?

Christian abrió los ojos de par en par al oír la voz de Marc.

–¿Tienes un hijo?

Noelle se apoyó en la puerta para cerrarla.

–Tienes que marcharte.

–Marc, ¿dónde estás?

Al oír la voz de su madre, confió en que detuviera a Marc antes de que apareciera para curiosear.

–Te he dicho que tu madre no te leerá ningún cuento hasta que te metas en la cama.

–No tenía ni idea –musitó Christian con expresión melancólica.

–Ahora ya sabes por qué tengo las tardes ocupadas. Así que si, no te importa, tengo que acostar a mi hijo.

–¿Puedo conocerlo?

El príncipe se quedó mirando hacia el interior de la casa.

–No. Es hora de acostarse y no quiero que se altere con la novedad. Bastante difícil es conseguir que se calme para que se duerma.

—Como yo.

Era un comentario que cualquiera podía haber hecho. Noelle sabía que no había doble sentido en sus palabras, ya que siempre había mantenido en secreto la paternidad de su hijo.

—Qué va.

—¿No te acuerdas de cuánto te costaba que me durmiera las noches que me quedaba contigo?

Lo que ella recordaba eran las largas y deliciosas horas haciendo el amor, tras las que acababa físicamente agotada y emocionalmente entusiasmada.

—Esta es una conversación para otro momento.

—Mamá, ¿con quién estás hablando?

Marc se apoyó en su cadera y se quedó mirando a Christian.

Demasiado tarde. Había permitido que Christian la distrajera con recuerdos agridulces y estaba a punto de descubrir lo que celosamente había mantenido oculto durante años.

—Este es el príncipe Christian —le dijo a su hijo, sintiendo que el corazón se le rompía en pedazos—. Alteza, este es mi hijo Marc.

—¿Tu hijo?

El príncipe se quedó observando al pequeño durante varios segundos, con los labios fruncidos, antes de volver a mirar a Noelle a los ojos.

—¿Querrás decir nuestro hijo?

Capítulo Dos

Christian deseaba abrir la puerta de un empujón y encender la luz para ver mejor al niño, pero su intuición le decía que eso no cambiaría nada.

–No tengo papá, ¿verdad, mamá?

Marc alzó la vista hacia su madre, asustado al ver su expresión de preocupación.

–Claro que tienes papá –afirmó Noelle–. Todo el mundo tiene uno, pero no siempre forma parte de su vida –añadió, acariciando con mano temblorosa la cabeza de su hijo.

–¿Y de quién es la culpa?

La sorpresa inicial de Christian estaba dando paso a una furia contenida mientras observaba al niño. Alto para su edad, debía de rondar los cuatro años y medio, tenía los ojos dorados de los Alessandro y el pelo moreno y ondulado. Impasible ante la mirada escrutadora de Christian, el niño lo observaba fijamente sin mostrar aprensión, tan solo cierta hostilidad y quizá algo de curiosidad.

–No vamos a hablar de eso ahora.

Noelle lo miró. Al momento, recordó que el hombre que estaba en la puerta de su casa era miembro de la familia real y moduló su tono.

–Príncipe Christian, este no es un buen momento.

–No me iré hasta que no sepa qué está pasando.

–Haré que se vaya.

Marc adelantó a su madre, echó un pie atrás, levantó los puños y se preparó para empezar a dar puñetazos.

A Christian no le gustaba cómo se estaba desarrollando la situación, pero no quería irse. Tenía demasiadas preguntas, y permaneció mirando a Noelle hasta que esta suspiró.

–Marc, por favor, vete arriba con la abuela.

Apoyó las manos en los hombros del niño y lo hizo volverse para mirarla. Cuando el niño alzó la vista y se encontró con los ojos de su madre, ella le devolvió una sonrisa tranquilizadora.

–Tengo que hablar con este señor.

¿Este señor? Christian estaba que echaba humo.

–¿Estás segura, mamá? –preguntó Marc, sin bajar la guardia.

–Sí –respondió, alborotando el pelo moreno de su hijo–. Sube, por favor. Enseguida iré a verte.

El niño dirigió una mirada asesina a Christian antes de darse la vuelta. A pesar de la indignación que lo invadía, Christian no pudo evitar sentirse orgulloso. Su hijo era valiente y protector, cualidades necesarias para un rey.

Noelle esperó a que su hijo subiera la escalera acompañado de su abuela, antes de salir de la casa y cerrar la puerta. Sus ojos brillaban de furia.

–¿Cómo te atreves a venir aquí y decir algo así delante de mi hijo?

–¡Vaya secreto me has estado ocultando todos estos años!

–Tienes que irte.

–Pues no voy a irme. Quiero respuestas.

–No las obtendrás esta noche.

Con los labios fruncidos y los brazos en jarras, clavó su mirada en él.

–Noelle, siento lo que pasó entre nosotros –dijo con el tono de voz que empleaba para conseguir lo que quería de las mujeres–. Sé que piensas que fui cruel, pero merezco conocer a mi hijo.

–¿Cómo que lo mereces? –estalló Noelle–. ¿Te acuerdas de que hace cinco años me dijiste que debía seguir con mi vida y olvidarte?

Christian sintió un pellizco en el estómago al oír aquello.

–En aquel momento tenía razón.

–Te quería.

–Lo nuestro no iba a funcionar.

–Ahora tampoco –dijo mirándolo.

Era evidente que todavía seguía molesta por la forma en que la había apartado de su vida cinco años atrás, pero había regresado a Sherdana a vivir su vida, una vida en la que no había sitio para él. Y sin él, le estaba yendo muy bien.

–¿No te das cuenta? Por el bien de todos, vamos a tener que firmar las paces. Quiero formar parte de la vida de Marc.

–No permitiré que hagas sufrir a mi hijo como me hiciste sufrir a mí.

La intención de aquellas palabras era herirlo, pero Christian apenas sintió el aguijón. Estaba completamente abstraído por la belleza de la mujer que tenía ante él. Nunca antes había visto a Noelle

23

tan exaltada. Se quedó mirándola fascinado. Mientras habían estado juntos, siempre había sido muy agradable y complaciente. El sexo entre ellos siempre había sido explosivo, pero fuera del dormitorio nunca había mostrado aquel temperamento.

En aquel momento era una madre protegiendo a su hijo. Su apasionamiento lo cautivaba. De repente, la idea de retomar su amistad se le hacía demasiado insulsa. La quería de nuevo en su cama. El hecho de que hubiera engendrado un potencial heredero al trono cambiaba la situación. Si se casaba con ella, su hijo sería algún día rey de Sherdana.

—No es solo tu hijo, Noelle. Es un Alessandro, un miembro de la familia real —dijo Christian, y permaneció en silencio unos segundos antes de continuar—. ¿Acaso tienes pensado ocultárselo?

—Sí.

A pesar de la rotundidad con la que había contestado, por su expresión supo que ella también se había hecho esa misma pregunta.

—Bueno, no —añadió rápidamente, dirigiéndose hacia donde Christian tenía aparcado su coche—. Maldito seas, Christian. No debías haberlo sabido nunca.

—Entonces, ¿por qué has vuelto con él? —dijo siguiéndola, mientras contenía el impulso de rodearla con sus brazos y besarla—. Podías haberte ido a vivir a Francia o a Estados Unidos.

¿Acaso había regresado para estar cerca de él?

—Mi padrastro murió hace dos años, y mi madre se quedó sola. Volví para estar cerca de ella.

Al oír aquella explicación, Christian sintió que

el corazón se le encogía. La madre de Noelle se había casado cuando su hija tenía seis años.

–Siento oír eso. Sé que estabais muy unidos. Debes de echarlo mucho de menos.

–Sí. Ha sido muy duro para todos. Marc adoraba a su abuelo.

Una sensación de rabia asaltó a Christian. Marc tenía un padre al que nunca conocería si Noelle se salía con la suya. Eso no era justo para ninguno.

–¿Por qué no me has mentido? Podías haber dicho que no era mío.

Se quedó mirándolo, desconcertada.

–Aunque no fuera tan evidente su parecido a los Alessandro, ¿para qué iba a hacer eso? ¿Alguna vez te he mentido?

No, había sido él el que siempre había guardado secretos.

–Me has ocultado a mi hijo durante cuatro años.

–Si te hubieras puesto en contacto conmigo, te lo habría dicho.

–¿Y qué me dices de esta noche? No has estado muy comunicativa que se diga. Si Marc no hubiera venido, no me habría enterado de que existía.

–Nunca te ha interesado ser padre.

–Eso no es cierto.

En realidad, apenas había pensado en la paternidad hasta que se había visto obligado por su posición.

–Todo el mundo comenta que Sherdana necesita un heredero y miran hacia ti como la última esperanza del país para engendrarlo.

Su tono lúgubre coincidía con sus reflexiones

sobre el tema. No parecía más convencida que él de su valía para la tarea.

–Y aquí está mi hijo, tu heredero –continuó Noelle–. Una solución sencilla a tus problemas.

Sí, quizá fuera una solución, pero no necesariamente sencilla. Tenía una obligación para con la Corona y su país. Asegurar la línea de sucesión con un hijo dependía de él. La carga sobre sus hombros se había vuelto más ligera al saber que tenía un hijo, pero seguía habiendo problemas.

–No puede ser mi heredero así, sin más –dijo Christian, sintiendo el retumbar de sus latidos mientras observaba a Noelle a la espera de que ella sacara la conclusión.

Siempre había tenido facilidad para discernir la verdadera intención de sus actos. Excepto la última vez que habían estado juntos, cinco años atrás. En esa ocasión, había conseguido ocultarle sus sentimientos al poner fin a su relación.

–Para ello, antes tengo que casarme con su madre.

–¿Casarnos?

Debía intentar convencerla de que esa era la razón por la que había ido allí esa noche. De repente, supo que eso era exactamente lo que debía hacer. Casarse con ella resolvería todos sus problemas. Al volver a verla, se daba cuenta de que era la única mujer en el mundo con la que se podía imaginar casado. Habían tenido una relación basada en la amistad y la pasión. Había sido un príncipe consentido, y ella una ingenua plebeya que lo adoraba. En vez de sentirse agradecido por el regalo que suponía su amor, siempre había considerado que se lo merecía. Nunca había entendido por qué su espíritu generoso había sacado lo peor de él. Lo amaba a pesar de sus defectos, y él se había comportado de manera estúpida y autodestructiva. Siempre la había castigado por amarlo tanto, algo que no tenía sentido.

—Serías una princesa maravillosa —dijo con absoluta sinceridad—. El país entero te adora.

—Solo he diseñado los vestidos de novia de dos bodas reales. Eso no es suficiente para ganarse el cariño de todo un país —replicó, sacudiendo la cabeza—. Hay un montón de aristócratas por toda Europa deseando convertirse en tu esposa.

—Pero no quiero a nadie más.

—¿Me estás diciendo que me quieres a mí? —preguntó, sonriendo con amargura—. A quien quieres es a Marc, pero no puedes tenerlo.

Christian se dio cuenta de que no iba a poder convencerla esa noche, y él necesitaba tiempo para asimilar que tenía un hijo.

—Hablaremos mañana —dijo él—. Te recogeré a mediodía. Deja libre tu agenda unas horas.

—Aunque la dejara libre meses, obtendrías la misma respuesta. No voy a darte a mi hijo.

Le fastidiaba que pensara así de él, pero había sido un canalla y no podía esperar otra cosa.

—No quiero apartarlo de ti, pero mi intención es formar parte de su vida.

***

Noelle se quedó mirando a Christian y contuvo las ganas de gritar, apretando los labios con fuerza mientras la cabeza le daba vueltas. Le había revelado el secreto y no había vuelta atrás. Christian sabía que tenía un hijo.

«No quiero apartarlo de ti».

Sopesó sus palabras, en las que se advertía una amenaza implícita. Sabía que no era tan estúpido como para decirle que pensaba arrebatarle a Marc, pero los tribunales de Sherdana no le dejarían quedarse con su hijo si el príncipe Christian solicitaba su custodia. Por un segundo, no pudo respirar. Luego recordó que un hijo ilegítimo no resolvería sus problemas. Christian necesitaba de su ayuda para que Marc tuviera acceso legítimo a la Corona.

Su hijo, un rey.

Las rodillas se le doblaron al pensarlo. Marc solo tenía cuatro años. No era justo aquel cambio en su vida. Había visto cómo había afectado a Christian ser miembro de la realeza. Había sido un joven resentido e insensato.

Gabriel y la princesa Olivia no podían tener hijos y el siguiente en la línea de sucesión, el príncipe Nicolas, se había casado con una americana. Marc tenía línea directa al trono.

–Noelle –dijo tocándole el brazo para reclamar su atención–. No compliques más las cosas.

Sintió la calidez de su contacto y se soltó antes de que aquel calor la hiciera rendirse. El corazón se le aceleró al apartarse de él. Era humillante cómo su cuerpo la estaba traicionando. Aquello debía servirle de recordatorio para mantener las distancias y que la atracción física que sentía no influyera en sus decisiones.

Cinco años atrás, se había entregado a él en cuerpo y alma. Eso había sido antes de que le demostrara lo poco que significaba para él. Todavía le dolía la facilidad con la que la había apartado de su lado. Su determinación hizo que le hirviera la sangre y sintió que le ardían las mejillas. Estaba dispuesta a hacer todo lo que estuviera en su mano para que no le hiciera lo mismo a Marc.

–¿Quieres decir que no te lo ponga difícil?

Por la expresión de los ojos de Christian, supo que su tono de amargura lo había sorprendido.

Aunque en el pasado se había comportado de manera egoísta con ella, tenía que reconocer que había tenido suerte de que se fijara en ella. Siempre se había mostrado flexible, paciente y comprensiva, pero después de que le rompiera el corazón, y tras cinco años de experiencia en el despiadado mundo de la moda, se había vuelto dura como el acero. Si continuaba insistiendo, descubriría de qué estaba hecha.

–Tienes razón –continuó, convencida de que no conseguiría nada discutiendo–. Eres el padre de Marc y tienes derecho a relacionarte con él. Llámame a mi despacho mañana a las diez. Revisaré mi agenda y buscaremos un rato para quedar y fijar un plan de visitas –dijo, y al ver la expresión de disgusto de Christian, añadió–: O lo hacemos a mi manera o no dejaré que te acerques a Marc.

Christian estaba acostumbrado a salirse con la suya. Tal y como frunció el ceño, Noelle supo que había ido demasiado lejos. Después de unos segundos, asintió. Por la expresión de sus ojos, aquel beneplácito no iba a durar demasiado. Tenía fama de ser un astuto negociador. Tenía que estar atenta a sus tácticas.

Miró hacia la casa y vio la silueta de una pequeña figura en la ventana de arriba. La habitación de Marc daba al jardín delantero. No se iba a meter en la cama hasta que le diera una explicación. En ocasiones era muy maduro para su edad. En parte, era por su culpa. Le daba responsabilidades y Marc sabía que si no las cumplía, había consecuencias.

–Tengo que acostar a mi hijo –anunció Noelle–. Mañana hablaremos.

–Noelle –dijo, pronunciando su nombre con suavidad para hacer que se detuviera–, antes hablaba en serio. De verdad que te he echado de menos. Quiero que volvamos a ser amigos.

Si hubiera intentado convencerla refiriéndose a Marc, quizá se hubiera ablandado. Le gustara o no, Christian tenía derechos sobre su hijo y su determinación a tener una relación con Marc podía haber aplacado su instinto protector como madre. Pero en cuanto había apelado a lo que había habido entre ellos, toda simpatía hacia él se había esfumado.

–Mi vida está completa con mi familia, mis amigos y un trabajo que me gusta. No hay sitio en ella para ti –concluyó, y se dirigió hacia la casa sin volver la vista atrás–. Buenas noches, Christian.

Después de cerrar la puerta, se quedó apoyada en ella unos minutos hasta que su corazón se tranquilizó. ¿De veras se había enfrentado a Christian y había puesto punto final a la conversación? Si no hubiera tenido el corazón encogido, habría lanzado el puño al aire en señal de triunfo.

En vez de eso, Noelle subió la escalera. Con cada paso fue recuperando el aplomo que había alcanzado en el estresante mundo de la moda. Lo último que quería era enfadar a su hijo y darle una razón para recelar de Christian. A pesar de su ritmo pausado, cuando llegó a la habitación de Marc, seguía sin saber cómo explicarle la inesperada aparición de su padre, un hombre del que nunca le había hablado.

No le extrañó encontrarse a Marc saltando en la cama.

–Mamá, mamá, mamá.

–Ya sabes que no debes saltar en la cama –le regañó, sofocando un suspiro–. ¿Te has lavado los dientes?

Al ver que su hijo no contestaba, miró a su madre, que asintió. Luego se mantuvo firme hasta que su hijo se metió en la cama.

–¿Has conseguido que ese hombre malo se fuera?

–No es un hombre malo, Marc. Es un príncipe de nuestro país.

–No me gusta.

Noelle tampoco se sentía muy contenta con Christian en aquel momento. Hizo que su hijo se moviera al centro de la cama y se sentó a su lado. Luego, inspiró hondo, dispuesta a contarle a Marc que Christian era su padre, pero dudó. No podía darle aquella noticia a su hijo sin antes decidir si la presencia de Christian en su vida le haría bien.

–El príncipe Christian quiere ser tu amigo.

–¿Le gustan los dinosaurios?

–No lo sé.

–¿Sabe jugar al fútbol?

–No estoy segura.

Noelle intuyó que Marc tendría toda una lista de preguntas, así que recondujo la conversación.

–Tendrás que preguntarle qué le gusta la próxima vez que lo veas.

–¿Me comprará un dragón de Komodo?

Además de estar obsesionado con los dinosaurios, Marc sentía fascinación por los lagartos. Su amigo Geoff le había regalado por su cuarto cumpleaños un terrario de ochenta litros con un geco leopardo. Desde entonces, Marc había estado pidiendo un dragón barbudo, un animal que duplicaba el tamaño de su actual mascota y que necesitaría el doble de espacio.

–Sabes muy bien que un dragón de Komodo no es una mascota. Miden dos metros.

–Pero podría quedarse en el palacio y yo iría a verlo.

Por descabellado que pudiera parecer, Noelle sabía que Christian estaría dispuesto a comprarle una nueva mascota a su hijo solo por ganarse su afecto.

–Eso no es posible –dijo, y volvió a centrar la conversación–. Puede que el príncipe Christian venga de visita dentro de unos día. Si quieres saber algo, quiero que me lo preguntes –añadió, apartando un mechón de pelo de la frente de Marc–. ¿De acuerdo?

Por la manera en que su hijo la estaba mirando, Noelle sospechó que aquella conversación estaba siendo inútil, pero para su sorpresa, no la bombardeó con preguntas.

–De acuerdo.

–Bien. ¿Qué quieres que te lea esta noche?

Como era de esperar, eligió un libro de dinosaurios. A Marc le gustaba observar las fotos mientras ella leía las descripciones. Se sabía el libro de memoria; era uno de sus favoritos. La cubierta estaba gastada y algunas páginas estaban rotas.

Media hora después, cuando llegaron a la última página, Marc se había olvidado de la visita de Christian. Por suerte, se había quedado tranquilo y relajado. De un vistazo al reloj, Noelle comprobó que era su hora habitual de meterse en la cama y se felicitó por la pequeña victoria.

Abajo, su madre había abierto una botella de su vino blanco favorito, un italiano con suaves notas de manzana y miel. Sin preguntar, le ofreció una copa a Noelle.

–Pensaba que querrías celebrarlo –dijo Mara observando a su hija por encima del borde de su copa.

–¿El qué? ¿Que Christian haya descubierto que le he estado ocultando a su hijo todos estos años? –dijo, y resopló–. Por enésima vez: no estoy enamorada de él.

–¿Qué intenciones tiene con Marc?

–Quiere conocerlo.

–¿Eso es todo?

–¿Qué otra cosa podía pretender?

Noelle había salido fuera y había cerrado la puerta antes de hablar con Christian, así que sabía que su madre no había podido oír nada. Aun así, sintió cierta desesperación al recordar cómo Christian había planteado la posibilidad de casarse con ella para reconocer a Marc.

–El reino necesita un heredero. Ahora que tanto el príncipe Gabriel como el príncipe Nicolas se han casado, la prensa no para de especular acerca de con quién se va a casar tu príncipe Christian. Toda la presión de engendrar un heredero recae en él.

–No es mi príncipe Christian –murmuró Noelle, sin disimular su irritación.

–Y ahora ya sabe que tiene un hijo.

–Un hijo ilegítimo.

Noelle se arrepintió de sus palabras al ver un brillo malicioso en los ojos de su madre.

–Y aquí estás tú, soltera y nacida en Sherdana. Por no mencionar que sigues sintiendo algo por él.

–No seas ridícula. No voy a casarme con Christian para que pueda designar heredero a Marc.

Su madre no parecía muy convencida.

–¿No sería tu sueño hecho realidad?

–Vivías en Italia cuando conocí a Christian, así que no sabes cómo fue nuestra relación. Nunca le ha interesado el matrimonio y no voy a casarme con él solo porque necesite un heredero.

A pesar de la firmeza que mostraba, Noelle se sentía angustiada. Habían pasado cinco años, pero todavía no se había recuperado del dolor que le había causado que Christian la apartara de su vida.

No estaba dispuesta a olvidar ni a perdonar.

La mesa de su estrecho balcón del tercer piso era lo suficientemente amplia como para ocuparla con una taza de café y una maceta de petunias rosas. Christian estaba sentado en una de las dos sillas. No podía dejar de pensar en su encuentro con Noelle de aquella noche.

Aunque Christian tenía habitaciones para su uso en el palacio, rara vez se quedaba allí. Prefería la privacidad de su propio apartamento en la zona antigua de Carone, la capital de Sherdana. No llevaba la cuenta de cuántas casas tenía. Hacía negocios por toda Europa y tenía apartamentos en las principales ciudades.

Después de descubrir que tenía un hijo, había permanecido tumbado en la cama, mirando el techo dándole vueltas a la cabeza. Al final, había renunciado a intentar dormir y se había puesto a revisar su correo electrónico. Solía trabajar en casa hasta bien entrada la mañana. La noche la dejaba para su activa vida social, y si veía amanecer era más probable que fuera por trasnochar que por madrugar.

A pesar de sus buenas intenciones, no podía concentrarse en los informes que le había preparado su director general para la compra de una empresa italiana dedicada a desarrollar tecnología robótica. Los números se le amontonaban ante los ojos mientras su mente se negaba a concentrarse.

Noelle le había dado un hijo que había mantenido oculto durante cinco años, toda una hazaña en la era de las redes sociales. La noche anterior, mientras conducía de vuelta a casa, se había sentido furioso con ella. Daba igual que pensara que había sido él el que había puesto fin a su relación. Se había quedado embarazada y debía habérselo dicho. ¿Qué habría hecho si hubiera sabido que estaba embarazada? ¿Casarse con ella?

Christian sacudió la cabeza.

Noelle lo conocía muy bien, mejor que él mismo. Había cometido excesos, se había ganado fama de playboy y se había dado todos los caprichos, preocupado tan solo de disfrutar del momento.

El accidente lo había cambiado todo. Había arriesgado su vida para salvar a alguien y había quedado marcado al hacerlo. Que se le quemara el lado derecho había traído otros cambios. Había pasado de un estilo de vida hedonista a preocuparse de las necesidades de los demás. Antes del accidente, era egoísta e irresponsable. Perder la capacidad de actuar sin medir las consecuencias había sido casi tan doloroso como la lenta recuperación de las quemaduras.

Además, cuando había hecho los arreglos necesarios para que Noelle se fuera a París a estudiar, había sido consciente de que alejarla de su lado le rompería el corazón. Hacerle daño le había dolido más que apartarla de su vida, pero lo había hecho convencido de que si se quedaba con él, le haría sufrir todavía más.

Gracias a que había descubierto que tenían un hijo en común, volvía a formar parte de su vida. Le producía una mezcla de alegría y terror.

Se había sentido como en los viejos tiempos al aparecer en su puerta la noche anterior. Cuando habían estado juntos, era frecuente que apareciera en su casa sin avisar después de que las discotecas cerraran.

La había conocido en una cafetería cerca de su apartamento, en donde trabajaba como camarera. A diferencia de la mayoría de mujeres con las que solía flirtear, no había mostrado interés por su título ni se había dejado embaucar por su encanto. Le había tratado con tal profesionalidad que no había dejado de insistir hasta que había conseguido convencerla de que quedara con él a la salida del trabajo.

No habían tenido citas, al menos no en el sentido tradicional. Era demasiado seria para disfrutar de un estilo de vida frívolo y demasiado sensible para intimar con sus amigos superficiales. Pero había sido perfecta para él. Su apartamento se había convertido en su refugio. Cuando por fin se habían hecho amantes después de haber sido amigos durante seis meses, le había resultado más cercana que cualquier otra mujer con la que había estado.

Se había ganado su confianza primero como amigo, luego como confidente y, por último, como la mujer que revivía entre sus brazos.

Christian cerró los ojos y apoyó la cabeza en el muro de ladrillo de su balcón. La exhalación que dejó escapar no le sirvió para liberar la tensión que sentía ni para relajar el nudo de su estómago.

La noche anterior había sugerido que se casasen. La facilidad con que aquellas palabras habían salido de su boca había dejado en evidencia lo que tramaba. Era evidente que al hablar con ella en la fiesta, había empezado a maquinar algo. ¿Por qué no casarse con Noelle? La idea había empezado a formarse en su cabeza antes incluso de conocer a Marc.

Habían formado una buena pareja años antes. O, al menos, se había sentido bien con ella. En el plano sexual eran más que compatibles. Había sido una droga para él de la que en numerosas ocasiones había intentado desengancharse sin ninguna suerte.

Tras descubrir que juntos habían dado vida a un hijo, el tan buscado heredero al trono, su decisión de convertirla en su princesa iba ganando fuerza. No iba a tener que recorrer toda Europa para dar con su futura esposa. La tenía allí, delante de sus narices.

Pero con Noelle, nada era fácil. Le llevaría tiempo convencerla de que se casara con él.

Tenía que moverse deprisa. Ya en otra época lo había amado. Unas cuantas cenas íntimas para despertar la química entre ellos y la tendría donde quería. Christian apartó el sentimiento de culpa. Seducir a Noelle siendo un caballero estaba en perfecta sintonía con el hombre que se había convertido en aquellos últimos años.

Entró en el apartamento para ducharse y vestirse. Por su país y su familia, tenía que convencer a Noelle de que se casara con él. Si él también salía beneficiado, mucho mejor.

Capítulo Tres

Un enorme ramo de dos docenas de rosas rojas aguardaba a Noelle en su despacho de la pequeña tienda que tenía en el centro histórico. Con el café en la mano, se quedó de piedra nada más entrar y percibir su dulce aroma. Tomó un pequeño sobre blanco del ramo, pero no le hizo falta abrirlo para saber quién le mandaba las flores. Aquellas rosas rojas simbolizaban el intento de Christian de alterar su vida tranquila y ordenada.

Noelle llamó a su secretaria.

—Por favor, sácalas de aquí —dijo.

Al ver un brillo de curiosidad en los ojos de Jeanne, Noelle se percató de que había dejado entrever su irritación.

Jeanne tomó el florero de la mesa baja.

—¿Quieres que las ponga en la recepción?

Lo que quería era que las tirara a la basura.

—¿Por qué no las pones en el taller? Así las costureras tendrán a la vista las flores.

—¿Estás segura de que no prefieres que las deje aquí? Son muy bonitas.

Sacudió la cabeza y se esforzó por mantener un tono de voz calmado.

—Todo el mundo ha trabajado mucho. Las flores son para todas nosotras —mintió.

Una vez perdió de vista las flores, Noelle abrió la ventana de su despacho para que entrara el aire fresco. Una hora más tarde, seguía percibiendo el aroma de las rosas. La campanilla de la puerta tintineó, anunciando la llegada de un visitante.

El saludo de Jeanne la precedió por el pasillo mientras acudía a la entrada a dar la bienvenida a quien fuera que había entrado en la tienda. Una voz profunda dio la réplica a la alegría de su secretaria. Noelle se quedó de piedra al ir a guardar unos lápices en el maletín. Unos pasos firmes resonaron en el suelo de madera del estrecho pasillo que llevaba a su despacho. Alzó la vista sintiéndose como un gato acorralado y vio la imponente figura de Christian bajo el marco de la puerta. Debía de haber seguido al repartidor de la floristería.

—Se suponía que ibas a llamarme a las diez, no venir sin avisar —dijo con total franqueza.

—He venido a comprobar si te han gustado las rosas —replicó, paseando la mirada por el impecable despacho—. ¿No te han llegado? —preguntó frunciendo el ceño.

—Sí, las he dejado en el taller para que disfruten de ellas mis empleadas.

Aunque ningún músculo lo traicionó, Noelle se dio cuenta de que su respuesta no le había gustado, y no pudo evitar sentirse culpable.

—Eran para ti.

Durante todo el tiempo que habían estado juntos, nunca le había mandado flores. Había tenido claro cuál era el lugar que ocupaba en su vida. Primero, como tabla salvadora de sus frustraciones. Más tarde, cuando se había convertido en su amante, había acudido a ella cada vez que se sentía solo o necesitaba consuelo. Ella no le había exigido nada y lo único que él le había dado a cambio había sido un sexo increíble. Lo cierto era que mientras habían compartido aquella intimidad física, también había disfrutado de la relación en un plano emocional. Pero fuera de la cama, Christian mantenía la distancia con la gente, ocultando su personalidad carismática.

Las rosas le habían recordado lo susceptible que siempre había sido a sus encantos. ¿Y si nada había cambiado en los últimos cinco años? No podía permitir que pensara que podía influir en ella con aquellos detalles románticos. Por detalles así, estaban donde estaban.

–¿No me lo vas a poner fácil, verdad?

Christian traspasó el umbral, llenando la estancia con su presencia.

–¿Por qué debería hacerlo?

Le agradaba estar parapetada tras el escritorio, pero no quería que todas sus empleadas escucharan la conversación. Salió de detrás y le hizo una seña a Christian para que pasara y cerrara la puerta.

–Hace cinco años, no querías saber nada de mí. Ahora que necesitas desesperadamente un heredero, quieres a mi hijo.

–Te olvidas de que anoche cuando fui a verte, todavía no sabía nada de Marc –farfulló con su voz grave y seductora.

Su intención estaba clara. Pretendía desplegar todo su encanto para embaucarla.

–En cuanto te vi en la boda, supe que había cometido un error al dejarte marchar.

Su comentario era tan absurdo que a punto estuvo de echarse a reír en su cara, aunque no pudo evitar sentir un fuerte dolor en el pecho. ¿Cuántas noches había permanecido despierta, esperando a que llamara a la puerta de su apartamento de París? Demasiadas. Había fantaseado con que apareciera, la tomara en brazos y le dijera que había sido un idiota por dejarla escapar, que no podía vivir sin ella. De hecho, no había perdido la esperanza hasta el primer cumpleaños de Marc.

–No te creo.

–Si me das la oportunidad, te lo demostraré –dijo, y sus ojos dorados brillaron con sensualidad.

Una risa histérica escapó de su garganta. Apretó los dientes y trató de no mostrase contrariada. No le resultaba fácil, cuando su esencia masculina despertaba recuerdos enterrados. Comenzó a sentir un cosquilleo entre los muslos al recordar las caricias de sus manos y sus labios.

La noche anterior se había comportado como una madre protectora con su hijo. En aquel momento era una mujer frenando al hombre que pretendía seducirla. Las mejillas le ardían. Frunció el ceño, enfadada consigo misma.

–Si quieres que me tome en serio tu interés en Marc, será mejor que me demuestres que tienes lo que hace falta para ser un buen padre.

–Estoy de acuerdo –asintió–. Por eso, también le he mandado un regalo a Marc.

Noelle ahogó un gruñido.

–¿Qué clase de regalo?

–Algo pequeño.

–¿Cómo de pequeño?

–Un coche eléctrico del tamaño de un niño. Mi secretario me ha dicho que a su hijo le encanta conducir el de su primo. Es de la misma edad que Marc.

–No puedes hacer eso sin más.

–Por supuesto que sí.

En otra época, se habría burlado de su arrogancia.

–Un coche eléctrico es un juguete muy caro. Quiero que Marc disfrute con el arte, los libros y la música, no con bienes materiales.

–Es un niño de cuatro años –farfulló–. Les gusta mancharse y tener aventuras.

Noelle sabía que era ridículo, pero sentía que estaba perdiendo a Marc con cada palabra que Christian pronunciaba. A su hijo le encantaría aquel príncipe y querría vivir en el palacio. Ni siquiera la echaría de menos.

–¿Acaso eres ahora un experto en niños de cuatro años?

–Lo fui una vez. Además, es un príncipe y ha de tener lo mejor –dijo Christian tomándola de la mano y dándole un apretón–. Hemos de estar unidos por el bien de Marc. No está bien que crezca sin un padre.

Christian parecía sincero, pero Noelle no podía pasar por alto que necesitaba un heredero. Sabía lo terco que podía llegar a ser cuando quería algo. Apartó la mano y se cuadró de hombros.

–No puedo estar contigo –dijo–. Estoy saliendo con alguien y lo nuestro va en serio.

Christian se quedó asimilando las palabras de Noelle, que no paraban de dar vueltas en su cabeza. Había llegado convencido de que se ganaría a Noelle con unas cuantas rosas y un poco de persuasión. Siempre había estado ahí cuando la había necesitado. Nunca se le había pasado por la cabeza que pudiera estar enamorada de otro. Sentía que las entrañas se le retorcían al imaginársela con alguien que no fuera él.

–Anoche no mencionaste a nadie.

–Lo único en lo que pensaba era en Marc y en el efecto que tu repentina aparición provocaría en su vida.

–¿Quién es ese hombre con el que te estás viendo?

Más que el interés de un amigo, aquello parecía un interrogatorio.

–Alguien a quien conocí al poco de mudarme a París.

Cinco años. ¿Se había refugiado en los brazos de otro nada más apartarla de su vida? Un nudo se le formó en el estómago.

–Me gustaría conocerlo. ¿Vive en Sherdana?

–Eh, no –respondió dubitativa–. Vive a caballo entre París y Londres.

Aquello empezaba a gustarle a Christian.

–Las relaciones a larga distancia son difíciles, como estoy seguro de que ya sabes.

–Geoff adora a Marc y Marc adora a Geoff. Se lo pasan muy bien juntos. Hacemos buen equipo.

Su vehemencia lo sorprendió. ¿Qué pretendía, convencerlo de que el tal Geoff podía ser el padre perfecto o convencerse a sí misma de que era el marido perfecto? Aun así, Christian veía la posibilidad de romper sus defensas.

–¿Cuándo tiene pensado venir la próxima vez a Sherdana?

La mazmorra que había a los pies de su castillo en los viñedos sería el lugar perfecto para encerrar a Geoff hasta que Noelle entrara en razón.

–¿Por qué? –preguntó Noelle, entornando los ojos.

–Me gustaría conocerlo. ¿Viene de visita a menudo?

–Claro –respondió sin demasiada convicción–. Bueno, cuando sus casos se lo permiten. Es socio de un bufete de abogados especializado en derechos humanos –añadió sonriendo con orgullo–. Marc y yo viajamos a menudo a Londres y París para verlo.

–¿Vais en serio? ¿Estáis pensando en casaros?

Cuanto más sabía, más convencido estaba de que el tal Geoff no iba a suponer ningún obstáculo.

–Lo estamos considerando –contestó, bajando la vista a sus manos entrelazadas–, pero todavía no lo hemos hecho oficial.

¿Qué clase de hombre esperaba cinco años para proponerle matrimonio a una mujer como Noelle? Uno muy estúpido, por lo que Christian no sentía ningún reparo en robársela delante de sus narices.

–Cena conmigo esta noche.

Noelle abrió los ojos, sorprendida al oír aquella invitación, pero negó con la cabeza.

–No puedo. Geoff…

–No está aquí y por lo que se ve tampoco esperas su visita inminente.

Avanzó un paso y se acercó lo suficiente como para sentir su respiración y percibir cómo sus músculos se tensaban al acariciarla con los nudillos el mentón.

–Te mereces un hombre que disfrute de tu compañía cada minuto del día, no cuando sus negocios se los permitan.

Noelle le apartó la mano.

–¿Qué sabes tú lo que merezco? Cuando estuvimos juntos, solo te preocupabas por mis necesidades cuando estábamos en la cama.

–Lo dices como si fuera algo malo.

Hablaba a la ligera, tratando de ocultar lo arrepentido que se sentía por haberle hecho daño. Había sido un canalla egoísta que no había sabido valorarla. Era una ironía que cuando finalmente se había dado cuenta de su valía, la había apartado de su lado.

Pero, ¿acaso se estaba comportando de manera menos egoísta? Después de ignorarla durante cinco años, de repente había decidido volver a hacerle un hueco en su vida porque la necesitaba. ¿Era justo irrumpir en la tranquilidad del entorno seguro que se había creado? Seguramente no, pero una vez que había decidido hacerlo, Christian era incapaz de detenerse. Tenían un hijo en común y no estaba dispuesto a renunciar a él.

–Christian, si no eras bueno para mí hace cinco años, tampoco vas a serlo ahora. Estaba locamente enamorada de ti y me conformaba con la parte de tu vida que estabas dispuesto a compartir conmigo. Pero eso ya no es suficiente para mí. Tengo un hijo que se merece ser amado y él es mi prioridad. Todas mis decisiones se basan en lo que es mejor para él.

–¿Y no te parece que lo mejor para él es que su madre se case con su padre? –estalló Christian.

–No, si la única razón para que sus padres se casen sea la continuidad de la dinastía Alessandro en el trono de Sherdana.

Christian no estaba acostumbrado a que aquel cinismo viniera de Noelle. Siembre había sido muy dulce, inocente y confiada. En muchos aspectos, era lo opuesto a él. Era por eso por lo que no había sido capaz de renunciar a ella cuando había empezado a verle ojeras y sus sonrisas se habían vuelto forzadas.

–Convertir a Marc en mi heredero no es la única razón por la que quiero casarme contigo. No se me olvida lo bien que estábamos juntos.

Noelle sacudió la cabeza.

–No estoy segura de que seas el hombre adecuado para mí.

–Ya no soy el mismo que era. El accidente me hizo cambiar.

En muchos aspectos, era cierto. Había dejado de ser frívolo e irresponsable.

–Yo tampoco soy la mujer que una vez conociste. ¿Quién diría que lo nuestro seguiría funcionando?

–¿Quién diría que no sería mejor?

Como para demostrar su punto, Christian la tomó por la nuca y la acercó a él. Antes de que pudiera reaccionar, unió los labios a los suyos y bebió de su dulzura. Ella jadeó suavemente y abrió la boca, mientras él recordaba cómo solía abrazarla y deleitarse con aquellos largos besos.

Con otras mujeres se daba prisa para obtener satisfacción. Le gustaba hacer el amor de manera ardiente y frenética. Con Noelle había descubierto un aspecto diferente de su personalidad. Con ella nunca se había dejado llevar por las prisas. Su suave y sedosa piel, así como sus deliciosas curvas, habían merecido la pena disfrutarlas con esmero. Se había deleitado con cada uno de sus gemidos y estremecimientos mientras descubría lo que le gustaba. Después de un mes, había llegado a conocer su cuerpo mejor que el de cualquiera de las mujeres con las que había estado y, aun así, había seguido sorprendiéndolo.

Christian se apartó antes de que el deseo le hiciera perder el control. Con el corazón latiéndole desbocado, aspiró su perfume. Aquella fragancia era más sofisticada que la que solía usar, lo que le recordó que el tiempo y la distancia los habían convertido en extraños.

–No has hecho nada para impedir que te besara –murmuró satisfecho.

–Sentía curiosidad por saber qué sentiría después de cinco años.

Su tono neutral dio al traste con el optimismo que Christian sentía.

–¿Y?

–Tu técnica sigue siendo la misma.

Christian se apartó un paso y esbozó una medio sonrisa.

–También el deseo que siento por ti.

–Sí, bueno –dijo, aunque no parecía creerlo–. Estoy segura de que hay un montón de mujeres deseando distraerte.

–Eso ya no me interesa.

–No es lo que dice la prensa.

–La prensa exagera. Cualquier historia que tenga que ver con mi vida amorosa, les ayuda a vender ejemplares.

–¿Cómo explicas que fotografiaran a aquellas modelos gemelas, semidesnudas, en el balcón de tu habitación de hotel en Cannes?

–Necesitaban un sitio donde quedarse y yo me pasé la noche hablando por teléfono con Hong Kong.

–¿Y aquella rica heredera española que huyó contigo cuando estaba a punto de casarse?

–Era un matrimonio de conveniencia y estaba enamorada de un arquitecto de Bruselas que estaba haciendo unos arreglos en mi apartamento de Londres.

–¿Así que ahora te dedicas a ayudar a mujeres?

Entendía su escepticismo. Se había ganado a pulso su fama de playboy. Pero el día en que lo había organizado todo para que Noelle se fuera a estudiar a París, había empezado a cambiar. Había sido la primera mujer a la que había ayudado, la única que había necesitado ser rescatada de él.

–Hay una larga lista de mujeres a las que he ayudado. Te pondría en contacto con ellas si eso sirviera para que mejoraras la opinión que tienes de mí.

No iba a tomarlo en serio si no la convencía antes de que había cambiado.

–Estoy segura de que hay montones de mujeres dispuestas a cantar tus alabanzas.

–Cena conmigo –dijo repitiendo su invitación, decidido a convencerla de que aquello no era una estratagema–. Tenemos mucho de qué hablar.

–Lo único que me interesa son tus intenciones hacia nuestro hijo. Podemos hablar de ello aquí o en tu despacho. No hay motivos para que seamos algo más que dos conocidos.

–Ahí te equivocas. Puedo darte varias buenas razones por las que nuestra relación debería ser más personal e íntima, empezando por el hecho de que te pongo nerviosa –dijo tomándola por la barbilla para obligarla a mirarlo a los ojos–. Creo que eso significa que todavía sientes algo por mí. Yo sé que siento algo por ti. Estamos hechos el uno para el otro.

–Estoy con Geoff. Nada de lo que digas o hagas puede hacer cambiar eso.

Christian le acarició el labio inferior y vio cómo se le dilataban las pupilas. A pesar de sus palabras para rechazarlo, no podía disimular la reacción de su cuerpo.

Sonrió lentamente y apartó la mano.

–Ya veremos.

Capítulo Cuatro

Sintiendo el martilleo de sus latidos en los oídos, Noelle permaneció un largo minuto mirando hacia el pasillo por el que Christian se había marchado. ¿Qué acababa de ocurrir? Se acercó a su escritorio sintiendo que las rodillas se le doblaban y se dejó caer en su silla mientras soltaba una profunda exhalación. Para su consternación, los dedos le temblaron al marcar aquel número que se sabía tan bien. Cuando Geoff contestó el teléfono, su voz profunda le trasmitió seguridad.

–Geoff, gracias a Dios.

–Noelle, ¿estás bien? Pareces disgustada.

–Acabo de hacer algo terrible.

No era propio en ella ser alarmista. Geoff esperó unos segundos antes de hablar para darle tiempo a que se tranquilizara.

–Estoy seguro de que no es tan malo como piensas.

Ella cerró los ojos, y buscó la calma en su tono tranquilo. Había conocido a Geoff en París, en una fiesta que daba su jefe, y enseguida habían congeniado. Ambos lo estaban pasando mal. Su ruptura con Christian estaba reciente y hacía seis meses que un cáncer se había llevado a la que había sido esposa de Geoff durante quince años.

–Sí, es malo. Me acabo de inventar que hay algo entre nosotros.

–¿Por qué no le has dicho a ese tipo que no estabas interesada? –preguntó en tono divertido.

Noelle siempre justificaba su falta de interés en los hombres por su exigente carrera y porque estaba volcada en el cuidado de su hijo. Lo cierto era que no encontraba a nadie tan interesante y atractivo como Christian.

–No es un tipo cualquiera –dijo partiendo en dos el lápiz que tenía en la mano–. Es Christian y ya sabe que Marc es su hijo.

–Vaya.

Geoff había sido el hombro sobre el que había llorado cuando había descubierto que estaba embarazada. Diecisiete años mayor que ella, su relación era una combinación entre amigo íntimo y hermano mayor.

–Ya te conté la delicada situación política por la que pasa el trono de Sherdana. Ayer, Nicolas Alessandro se casó con una estadounidense, por lo que la obligación de engendrar al futuro rey recae ahora en Christian. Anoche vino a casa y conoció a Marc. Se le ha metido en la cabeza que deberíamos casarnos para que Marc sea su heredero legítimo.

–¿Y no admite un no por respuesta?

–Se ha propuesto convencerme. No puedo permitir que eso ocurra.

Noelle se estremeció al recordar el beso. Recordaba la química que había entre ellos, pero los cinco años transcurridos le habían hecho olvidar lo susceptible que era a sus caricias.

–Así que le dijiste que estábamos saliendo.

–Me asusté. Ha sido una estupidez, porque ni siquiera me cree. Tengo que demostrarle que existes y que somos muy felices. ¿Puedes venir a pasar el fin de semana? Le llamaré y le invitaré a cenar con nosotros –dijo, y se quedó a la espera de su respuesta. ¿Geoff? Lo siento, sé que te estoy poniendo en un apuro.

–Noelle, cariño, ya sabes que puedes contar conmigo para lo que necesites, pero ¿estás segura de que es una buena táctica? No vivo en Sherdana. Aunque vaya y finja estar locamente enamorado, no se dejará engañar por un amante ausente.

Noelle recordó el comentario de Christian acerca de las relaciones a larga distancia.

–Tienes razón. Llamaré a Jean–Pierre y le pediré prestado un anillo de compromiso.

El joyero le debía unos cuantos favores.

–Nuestra relación va muy deprisa –bromeó Geoff, sin poder disimular del todo su preocupación.

–Lo sé y lo siento. Me estoy aprovechando de nuestra amistad, pero estoy desesperada.

–No hay nadie con quien más me gustaría fingir un compromiso, pero ¿lo has pensado bien? ¿Vamos a estar prometidos de por vida? ¿Qué pasará cuando vea que no nos casamos?

–Por suerte, está obligado a casarse y se dará cuenta de que no puede esperar eternamente a que cambie de opinión.

–Este plan tuyo hace aguas por todas partes.

Christian tenía la habilidad de hacer saltar por los aires su sensatez.

–Hablaremos cuando llegues.

–Muy bien, nos veremos el viernes por la noche.

Noelle colgó, sintiéndose más tranquila. Aunque era un plan ridículo fingir que estaba comprometida con Geoff, era la única manera que se le ocurría para mantener bajo control sus emociones. Christian había pasado al ataque desde la boda de Brooke y Nic, y no había dejado de arrinconarla. Había llegado el momento de hacerle frente.

Christian se sentó en su mesa favorita de Seillan´s, uno de los mejores restaurantes de Carone en el que se servía cocina francesa. El dueño, el chef de fama internacional Michel Seillan, era uno de sus mejores amigos.

–Hola, PC, ¿vas a cenar solo? –preguntó, dándole una afectuosa palmada en el hombro.

Habían ido juntos al colegio desde los siete años y había compartido muchas fiestas en Londres y París en su juventud.

El apodo de PC había surgido porque a Michel le parecía demasiado largo dirigirse a él como príncipe Christian.

–No, estoy esperando a un par de amigos.

–¿Mujeres? Avísame si necesitas ayuda para entretenerlas.

–Solo hay una mujer y, ¿cuándo he necesitado ayuda para entretener a alguna?

–Hace años, habría estado de acuerdo contigo, pero últimamente has perdido práctica –comentó Michel sonriendo.

—Ahora me interesa más la calidad que la cantidad.

Michel se marchó, después de soltar una carcajada y darle otra palmada en el hombro. Unos minutos más tarde, apareció un camarero con un Martini seco. Christian se contuvo para no tomárselo de un trago. Según pasaban los minutos, se estaba poniendo cada vez más nervioso.

Tal vez Noelle no estuviera enamorada del abogado británico que iba a llevar a la cena, pero también cabía la posibilidad contraria. Durante los años que habían pasado juntos, Christian no había tenido que preocuparse de que otro hombre se la robara. Noelle se había volcado a él, primero como amiga y luego como amante. Pero eso había sido antes de que la apartara de su vida, antes de tener que criar a su hijo ella sola durante cuatro años.

Christian nunca había querido sentar la cabeza y, probablemente, Noelle seguía viéndolo de la misma manera. El hecho de que tuviera que casarse para engendrar un heredero al trono no era muestra de su voluntad ni de que fuera a ser un buen esposo.

¿Y si Noelle rehacía su vida? Tal vez incluso tuviera más hijos.

El sorbo de Martini se le atragantó. Empezó a toser y sintió que el líquido le ardía en la garganta. A través de la vista nublada, vio a Noelle entrar en el restaurante.

Estaba muy guapa, con un vestido negro inspirado en los años cincuenta, con flores doradas bordadas en el corpiño y los brazos desnudos. Un ancho fajín negro resaltaba su fina cintura, y la falda le llegaba hasta las rodillas. Avanzaba con elegancia entre las mesas y Christian sintió que el corazón se le encogía. La amplia sonrisa de sus labios era para el hombre que la seguía. Siempre había sido hermosa, pero la felicidad y la seguridad en sí misma la había transformado en una belleza llena de vida. El deseo lo asaltó, pero no eran sus hormonas las que habían cobrado vida. La deseaba, pero no solo como compañera sexual, sino como apoyo para superar los malos momentos y afrontar los problemas.

Se había olvidado de la facilidad con la que despertaba sus emociones. Deseaba oír su risa y sentir sus dedos acariciarle el pelo.

Christian se levantó cuando Noelle y su acompañante llegaron a la mesa. El hombre era mayor de lo que Christian había imaginado. Era alto y esbelto, rubio, y con pequeñas arrugas alrededor de sus ojos grises. También era casi veinte años mayor que Noelle. Al ver el brillo de sus ojos, Christian se preparó para odiar profundamente a aquel hombre.

—Buenas noches, Noelle —dijo Christian, tratando de que su voz no delatara sus emociones.

—Buenas noches, alteza. Me gustaría presentaros a Geoff Coomb. Geoff, te presento al príncipe Christian Alessandro.

El acompañante de Noelle estrechó con firmeza su mano y soportó su mirada escrutadora con gran confianza en sí mismo, lo que hizo que lo despreciara aún más.

—Gracias por cenar con nosotros esta noche.

–No hay de qué.

Aquel «nosotros» le molestó a Christian más de lo que esperaba. Suponía una familiaridad que ya no compartía con Noelle. Había subestimado la amenaza que su relación con Coomb representaba. Se había empeñado en convencer a Noelle de que se casara con él empleando los métodos que fueran necesarios, y había dado por sentado que lo conseguiría seduciéndola y ganándose el cariño de su hijo. No había tenido en cuenta que podía ser feliz con el cariño y el apoyo emocional que recibía de Coomb.

Christian dibujó una amable expresión en su rostro y avanzó un paso para apartarle la silla a Noelle. Con gran fastidio, comprobó que Geoff había sido más rápido y Noelle le dedicó otra de sus encantadoras sonrisas mientras tomaba asiento. Christian esperó a que Coomb se sentara para adoptar el papel del perfecto anfitrión, dispuesto a indagar en cómo se habían conocido mientras pensaba en la mejor manera de recuperar a Noelle.

–Noelle me ha contado que os conocisteis hace unos años en París.

–Sí, en una fiesta –contestó Geoff, y dirigió una mirada cómplice a Noelle–. Era la mujer más bella del salón.

Christian no tenía ninguna duda de ello.

–¿Y lleváis juntos desde entonces?

–Nos hicimos amigos antes de empezar a salir –intervino Noelle, dedicando otra de sus sonrisas a Coomb–. Ninguno de los dos estábamos preparados para algo más serio.

–Había perdido a mi esposa unos meses antes

por culpa de un cáncer –dijo Geoff cubriendo la mano derecha de Noelle con la suya–. Noelle se portó como una gran amiga. Enseguida surgió una gran complicidad entre nosotros.

Complicidad era lo que había habido entre ellos hasta que él lo había echado todo a perder.

–Gracias a Geoff no me di por vencida durante mi primer año en París. Sin su apoyo, hubiera vuelto a casa al menos una vez en semana.

A pesar de los celos que sentía, Christian se alegraba de que Noelle hubiera tenido a alguien que la apoyara cuando él no había podido hacerlo. Había estado demasiado ensimismado como para darse cuenta hasta que había sido demasiado tarde. Y luego, su terquedad le había impedido arreglar lo que había estropeado. Después del accidente, había llegado a la conclusión de que Noelle estaba mejor sin él. Había sacrificado demasiado para estar con él.

Pero eso era antes. La nobleza con la que la había dejado marchar cinco años antes, ya no guiaba sus actos. Ahora era más maduro y sabio. Tenían un hijo y debían estar juntos por él.

El camarero le trajo a Noelle una copa de vino tinto y un whisky para Coomb. Cuando Noelle alzó la mano izquierda para tomar su bebida, la luz se reflejó en el enorme diamante del anillo que adornaba su dedo anular. Noelle vio que Christian se fijaba y su expresión se volvió radiante.

–Estamos comprometidos.

–Es un poco repentino.

Y conveniente. La noticia de su compromiso

lo había pillado por sorpresa. Christian se quedó mirando al otro hombre, a la espera de ver alguna muestra de debilidad, pero solo vio cariño en cómo miraba el abogado a Noelle.

–Nada repentino –replicó Coomb–. Llevamos años juntos.

–Creí que estabas a gusto tal y como llevabais la relación –comentó Christian dirigiéndose a Noelle.

¿Se habría sorprendido por el giro de los acontecimientos o se sentía culpable por haberlo engañado intencionadamente? La Noelle que conocía nunca había tenido malicia. No le agradaba pensar que hubiera cambiado tanto.

–Estoy contenta con nuestra relación en todos los sentidos –dijo Noelle dedicando una dulce sonrisa a Coomb–. Me siento muy afortunada por tener a un hombre tan maravilloso en mi vida.

Christian sintió un dolor en el estómago, como si acabara de recibir una patada. No podía soportar las muestras de afecto entre Noelle y Coomb. No pudo evitar maldecir para sus adentros. No esperaba ser la carabina de la velada.

–Y –continuó ella mirando a Christian–, porque vayamos a formar una familia.

¿Había una nota de desafío en sus palabras?

Christian se quedó observándola unos segundos antes de alargar el brazo para llamar al camarero.

–Estamos de celebración. Tráiganos una botella de champán para brindar por los futuros novios.

Christian esperó a que les llenaran las copas, antes de esbozar su sonrisa más diplomática.

–Por una vida llena de felicidad.

Christian se llevó la copa a los labios y bebió con desagrado. Aunque por un lado deseaba haber sido él el elegido, lo que más deseaba era que fuera feliz. ¿Por qué no podía parar de pensar en lo que era mejor para ella? En los demás aspectos de su vida era un canalla egoísta, pero en lo que se refería a Noelle, quería que tuviera lo mejor.

Por supuesto que la solución era sencilla. Solo necesitaba creer que lo mejor para Noelle era casarse con él. Desde que se había reencontrado con ella en la última boda real y había descubierto que tenía un hijo, Christian había pasado muchas horas soñando con un futuro con Noelle y Marc. No podía evitar sonreír al imaginarse las largas noches de pasión en la cama con ella.

Sin embargo, la idea de ser padre lo inquietaba. No estaba preparado para una tarea tan importante. No sabía cómo ganarse la confianza y el afecto de un pequeño de cuatro años. Solo sabía de comprar empresas, reestructurarlas y venderlas.

Siendo príncipe, nunca había tenido que esforzarse por caer bien a la gente. Aquellos que no disfrutaban de su compañía, lo soportaban por su posición. Había mujeres ambiciosas que iban tras su dinero o posición que competían por conseguir su atención. Con otras más sensatas, apenas tenía que esforzarse para seducirlas. Sus días y noches habían sido un continuo ir y venir de acuerdos empresariales, compromisos sociales y amantes. Todos aquellos encuentros se fundían en sus recuerdos, sin importarle lo más mínimo.

Nada de su existencia vacía y superficial le había importado hasta que Noelle había aparecido en su vida. Ella le hacía ver cosas que de otra manera le habrían pasado desapercibidas. Le había hecho cuestionarse por qué con todo el dinero que ganaba no destinaba una parte a hacer algo que tuviera un impacto social positivo. Claro que cuando lo había donado a obras de caridad, había elegido aquellas que habían podían reportarle un beneficio y no había disfrutado de los elogios que le habían llovido.

Sin pretenderlo, lo había hecho ser mejor persona. Aunque nunca había criticado sus actos ni le había sugerido qué podía hacer, al ir descubriendo lo que era importante para ella había empezado a cambiar. Jamás había sido responsable, y mucho menos se había preocupado por el bienestar de los demás. De repente, aquella insignificante mujer se le había metido en la cabeza y no había podido sacársela. Por la mañana, se despertaba preguntándose si lo habría echado de menos en su cama. A lo largo del día, tomaba nota de las cosas que quería compartir con ella. Se había abierto un hueco en su mundo egocéntrico y le fastidiaba aquella intromisión.

Consciente del efecto que tenía sobre él, su mala conducta se desató. Ella siempre olvidaba y perdonaba, y eso solo había servido para empeorar aún más las cosas.

Se había sentido culpable y lo odiaba, lo que le había llevado a un comportamiento peor y, con el tiempo, al accidente. Cinco años después, los recuerdos de aquella terrible noche seguían asaltándolo. Cada vez que veía su imagen en el espejo o tocaba las cicatrices de su lado derecho, revivía el dolor. Podía haberse sometido a cirugía reconstructiva, pero había preferido dejar las cicatrices como recuerdo de su gran fracaso.

Christian apartó aquellos pensamientos y se encontró con Noelle observándolo. La preocupación, el anhelo y el arrepentimiento cruzaron por su rostro antes de que apartara la vista. Se quedó mirándola mientras ella reía por algo que Coomb había dicho. ¿Era posible que todavía sintiera algo y que estuviera luchando desesperadamente para contenerlo?

De repente, cayó en la cuenta. Noelle podía estar comprometida, pero no estaba casada. El anillo que lucía representaba una promesa de matrimonio y a él se le daba bien hacer cambiar de opinión incluso a las personas más tercas.

Con el corazón desbocado, Noelle trató de contener un ataque de pánico. A pesar del dolor y de la media década de separación, Christian seguía fascinándola como ningún hombre lo había hecho. Hacía tres días que había vuelto a aparecer en su vida, y ya estaba perdiendo el juicio. Se había inventado un novio y había convencido a Geoff para que le siguiera la corriente. No había dejado de fantasear con hundir los dedos en el pelo ondulado de Christian para atraerlo hacia su boca.

Nada bueno le traería dejarse arrastrar de nuevo por la pasión que había anulado su sentido común durante los dos años que había durado su relación. Con él había conocido las cotas más altas del éxtasis para caer en la desilusión y la incertidumbre al día siguiente. Pero nunca le había cerrado su puerta o su corazón. Al final, había sido él el que la había apartado de su lado.

Por eso necesitaba ser más prudente. No solo estaba en juego su corazón. No podía arriesgarse a que Christian hiriera a su hijo.

Noelle levantó el tenedor del plato y dejó suspendida la mano sobre el plato. Sus pensamientos eran muy complejos como para distinguir los ingredientes de aquella elaborada comida. Solo veía una amalgama de colores en su plato.

–¿Ocurre algo? –preguntó Christian, con su profunda voz sedosa y sensual.

Cometió el error de encontrarse con su mirada dorada. Parecía estar deseando devorarla.

–Es una pena comerse algo tan bonito.

–Te aseguro que sabrá aún mejor.

Aturdida por su magnetismo, Noelle puso toda su atención en la comida. Le fastidiaba que le afectara tanto. Aquella exquisitez que debía deleitar su paladar se le hacía una pasta en la boca seca. ¿Cuándo dejaría Christian de gobernar sus sentimientos? Después de los cinco años que habían transcurrido, creía que su presencia ya no le alteraría tanto.

Al menos, era capaz de mantener cierto control sobre su cabeza. Probablemente se debía a que cuando Christian se ponía en modo príncipe, le resultaba insoportable. Arrogante y confiado, aquel personaje se comportaba del mismo modo en que lo había hecho cuando le había roto el corazón cinco años antes, especialmente cuando se había presentado sin avisar en su casa tras la boda de Nic y Brooke y había dado por sentado que se casaría con él para poder declarar a Marc hijo legítimo suyo.

Asintió discretamente con la cabeza. Para él, era la salida más fácil. ¿Por qué molestarse en buscar una esposa y dejarla embarazada si ya tenía un hijo con su anterior amante? También estaban las dos docenas de rosas rojas que le había mandado a su despacho. A pesar de que era un gesto romántico, no había despertado en ella ninguna tentación.

Era la vulnerabilidad que pocas veces había visto en él lo que había anulado su instinto de conservación y le había hecho llevarse una decepción tras otra. Durante aquellos momentos, cuando los hombros se le hundían y el engreído playboy desaparecía, ella bajaba la guardia. Aunque no lo admitiera, Christian buscaba que alguien creyera en él y, hasta que la había apartado de su vida, Noelle había pensado ingenuamente que ese alguien era ella.

Ahora había vuelto y, una vez más, volvía a imponer sus exigencias. La preocupación de que Christian dudara de su repentino compromiso, la asaltó, así que interpretando el papel de novia enamorada, tomó la mano de Geoff. Él respondió con una tierna sonrisa que la habría hecho estremecer si de verdad hubiera estado enamorada de él.

Christian reparó en aquella muestra de cariño y Noelle se convenció de que Geoff y ella estaban haciendo muy bien su papel. Pero cuando la cena terminó, fue la mano cálida de Christian la que sintió en la parte baja de la espalda al salir del restaurante. Entonces fue consciente de que su fuerza de voluntad era más débil de lo que había creído. Mientras avanzaba entre las mesas, una ardiente espiral amenazó con hacer saltar por los aires su aplomo.

Aunque su chófer le esperaba a la salida, en lugar de despedirse y marcharse, Christian se quedó con ellos esperando mientras el aparcacoches traía el coche de Geoff. Formaban un extraño trío.

Cuando Geoff abrió la puerta del asiento del pasajero a Noelle, Christian se aprovechó de su altura y de sus anchos hombros para interponerse e impedir que Geoff se acercara a ella.

–Ya me ocupo yo.

Christian apoyó la mano en la puerta del coche y curvó las comisuras de los labios, esbozando una sonrisa triunfal que enseguida desapareció. Cuando alzó la vista hacia Noelle, un brillo posesivo asomó a sus ojos.

–Gracias por una velada tan agradable –dijo Noelle mientras Christian la ayudaba a entrar en el coche.

–Me ha gustado conocer a tu prometido, pero no hemos tenido ocasión de hablar de Marc ni de nuestro futuro. Te llamaré mañana para ver cuándo podemos quedar los tres.

Antes de que Noelle pudiera protestar, Christian cerró la puerta y, sonriendo para sus adentros por haber dicho la última palabra, se apartó del coche.

Geoff la miró antes de arrancar.

–¿Estás bien?

–Claro –mintió, obligándose a apartar la mirada de Christian–. ¿Por qué no iba a estarlo?

–Sigue mirando cómo nos alejamos.

–¿Qué quieres que haga? –dijo, y, nada más pronunciar aquellas palabras, encorvó los hombros–. Lo siento. Ese hombre me pone nerviosa.

–Por la manera en que ha estado mirándote toda la noche, a él le pasa lo mismo.

Seguramente la intención de Geoff era tranquilizarla, pero lo último que necesitaba en aquel momento era perder el tiempo haciendo conjeturas sobre si el interés de Christian por casarse con ella respondía únicamente a su conveniencia.

–Se supone que deberías decirme que me aleje de él. Tengo que mantener la cabeza fría y controlar mis sentimientos hasta que renuncie a la idea de casarse conmigo.

Noelle suspiró, augurando una larga noche de insomnio.

–¿Crees que se ha tragado que estamos enamorados y que seremos felices para siempre? –preguntó Geoff con cierta ironía.

Ese mismo día había intentado una vez más disuadirla de su plan, sin éxito.

–Al principio sí.

–Creía que había resultado muy convincente en mi papel de amante.

–Y así ha sido.

Ella era la única culpable de que su plan hubiera fallado. ¿Cómo fingir que estaba enamorada de Geoff cuando su corazón se desbocaba cada vez que tenía cerca a Christian?

Con un suspiro de tristeza, se rindió a lo innegable, tomó el anillo con el enorme diamante y se lo quitó del dedo. Era un alivio quitarse aquel pedrusco. Podría haberlo hecho mejor si no se hubiera sentido culpable por haber implicado a Geoff en aquella farsa.

Geoff tomó el anillo y se lo guardó en el bolsillo del pecho.

–Vuelvo a ser un hombre soltero –bromeó, esbozando una medio sonrisa.

–Ha sido culpa mía que se haya dado cuenta. No debería haber intentado engañarlo. Es un hombre muy astuto. Seguramente te ha investigado y sabe que no estamos juntos.

La expresión de Geoff se tornó seria.

–Todo el mundo te aprecia por tu franqueza y honestidad. No permitas que Christian te convierta en alguien que no eres. Sincérate con él y explícale tus temores en relación a Marc.

En aquel momento, Noelle no se sentía con fuerzas para ser franca ni honesta. Era una madre dispuesta a hacer todo lo necesario para defender a su hijo, por retorcido y sucio que fuera.

–¿Cómo puedes estar segura de que el príncipe no es sincero cuando dice que quiere tener relación con Marc?

–No lo sé. Me sentiría mejor si no se sintiera obligado a engendrar un heredero.

Durante cinco largos años, había mantenido una pequeña esperanza de que Christian apareciera en su puerta como solía hacer cuando estaban juntos. Con el transcurso de los años, su optimismo había ido reduciéndose. En aquel momento, quería volver a tenerla en su vida, pero no porque la echara de menos o porque se hubiera dado cuenta de que eran almas gemelas. La quería porque había tenido un hijo suyo que suponía la solución a sus problemas.

–Parece que se te olvida que Marc va incluido en el paquete –dijo Geoff apartando la vista unos segundos de la carretera para mirarla–. Marc solo puede ser heredero si Christian lo reconoce, lo que significa que tiene que casarse contigo.

Aquella idea la hizo estremecerse. El nudo que sentía en el estómago le resultaba tan familiar como perturbador. Odiaba aquella reacción incontrolable de su cuerpo porque suponía que seguía siendo susceptible al arsenal sexual de Christian.

–Tienes razón. Devuélveme el anillo, por favor. Volvemos a estar comprometidos.

Geoff negó con la cabeza, ignorando su petición.

–Me niego a que me dejes plantado dos veces. Vas a tener que solucionar tus problemas con Christian sin recurrir a estrategias descabelladas.

Capítulo Cinco

Christian daba vueltas delante de las puertas correderas de la sala que daba al jardín trasero del palacio. Una vez más, volvió a bajarse la manga izquierda, tras consultar el reloj de su muñeca. Durante los últimos quince minutos, aquel gesto de comprobar la hora se había convertido en un tic nervioso. Noelle y Marc llegaban tarde al encuentro al que por fin ella había accedido. La espera estaba acabando con su paciencia, y la estaba tomando con Gabriel.

—Todavía no puedo creer que ya supieras que tenía un hijo y no me hubieras dicho nada.

Desde el sofá verde del centro de la sala donde estaba sentado, el príncipe heredero de Sherdana siguió mirando su teléfono, sin inmutarse por el tono agresivo de su hermano.

—Olivia y yo lo sospechábamos, pero no estábamos del todo seguro. Y hasta que no lleguen los resultados de las pruebas de ADN, tú tampoco.

Christian resopló mientras seguía dando vueltas por la alfombra del siglo XVIII. Aquel deambular sin rumbo no le estaba sirviendo de nada, así que se detuvo frente a su hermano y lo miró, frunciendo el ceño.

—No tengo ninguna duda de que es mi hijo. Tiene los ojos de los Alessandro y se parece mucho a nosotros cuando teníamos cuatro años.

Aunque no eran trillizos idénticos, de niños se parecían mucho.

–Bueno, entonces ya lo sabes. ¿Qué va a pasar ahora? –preguntó Gabriel, con una sonrisa desafiante en los labios.

–Quiero formar parte de la vida de mi hijo –respondió y, al ver la expresión de su hermano que no parecía aprobar su respuesta, añadió–: ¿Qué, no te parece bien?

–Siempre has sido prudente en tus relaciones de pareja.

–¿Acaso tú no?

No estaba siendo justo. Gabriel era el primero en la línea de sucesión al trono de Sherdana y siempre había antepuesto el deber a todo lo demás. Se había enamorado de Marissa Somme, la madre de sus hijas gemelas de dos años, ya fallecida y, desde el momento en que había comenzado su relación con la modelo francoamericana, había sido consciente de que lo suyo no tenía futuro. La Constitución de Sherdana establecía que para que su hijo pudiera reinar algún día, la madre debía ser nacional del país o una aristócrata europea.

Marissa no cumplía ninguno de los dos requisitos, y Gabriel había puesto fin a la relación. En aquel momento, no había sabido que iba a ser padre. Se había enterado de la noticia unas semanas antes de casarse con lady Olivia Darcy. Su origen noble y su procedencia británica la convertían en una candidata excepcional a princesa. Al menos, así había sido hasta que se habían descubierto sus problemas de infertilidad.

Al ver que Gabriel no respondía a su comentario, Christian continuó.

–¿Qué quieres de mí?

–Un heredero estaría bien.

–Estupendo.

Fue como si Christian escupiera aquella palabra. Su familia estaba ejerciendo una gran presión sobre él desde que Gabriel se casó con una mujer que no iba a poder darle hijos y Nic anunció su intención de casarse con una estadounidense.

–Piensas que debería casarme con Noelle, ¿verdad? –concluyó.

Aunque ya lo tuviera decidido, no por ello se sentía menos furioso. Estaba harto de que todo el mundo le dijera lo que tenía que hacer.

–Es hora de que antepongas las necesidades de la familia y el país a las tuyas.

–¿Y Nic? Ha pasado diez años en Estados Unidos dedicado a la construcción de su maldito cohete. ¿Por qué él sí puede hacer lo que quiera?

Al instante, Christian se arrepintió de su tono petulante, pero el resentimiento que llevaba acumulado en los últimos tres meses parecía tener vida propia.

–Si no te hubieras confiado en que siendo el tercero en la línea de sucesión toda la responsabilidad recaía sobre Nic y yo, podrías haberte casado con la mujer que hubieras querido, fuera quien fuese. Entonces, sería Nic el que ahora estaría despotricando sobre lo injusto de que recayera sobre él el deber hacia Sherdana.

El deber. Christian empezaba a odiar esa palabra. Hasta hacía cuatro meses, lo único que sentía hacia el matrimonio era alivio de que no tuviera que subirse a un altar por obligación hacia el país. Como primogénito, era obligación de Gabriel engendrar un heredero. Christian disfrutaba de todos los privilegios de ser príncipe, sin tener que cumplir ninguna obligación. No sentía ningún remordimiento por aquella libertad. Quizá fuera egoísta por su parte, pero le daba igual.

–Ambos sabemos que no estoy hecho para casarme –afirmó, mirando por enésima vez hacia la puerta–. Me preguntó qué les habrá entretenido.

Estaba deseando entablar una relación con su hijo y convencer a su madre de que su vida como princesa sería mucho mejor. Princesa Noelle sonaba bien. Aunque le costara hacerse a la idea de casarse con él, una vez conociera los privilegios de ser consorte de un miembro de la familia real, se daría cuenta de lo buen partido que era.

–Llegarán enseguida –dijo Gabriel.

–¿Acaso tienes alguna aplicación en el móvil que te avisa de cuándo llegan invitados?

Christian pretendía molestar a su hermano, pero el Gabriel serio y estirado se había convertido en el último año en un príncipe relajado y encantador.

–No –respondió su hermano, esbozando una sonrisa para sí–. Me acaba de mandar un mensaje Olivia. Dice que Marc ha acabado su tercera galleta y que la visita de las diez y media de mamá ha llegado.

Christian sintió que la adrenalina se le disparaba.

–¿Noelle y Marc ya están aquí? ¿Cuándo han llegado?

–Hace unos veinte minutos.

–¿Por eso estás aquí conmigo, para distraerme mientras Olivia presenta a Marc a nuestra madre? ¿No se te había ocurrido que quería conocer un poco a mi hijo antes de presentárselo al resto de la familia?

–Si eso era lo que querías, no deberías haber hecho que viniera hoy.

–Lo sugirió Noelle. No quería que fuera a su casa y se enterara la prensa, y menos aún vernos en un lugar público. Parecía lógico quedar en el palacio. Al fin y al cabo, ella ya ha estado aquí varias veces.

Christian se masajeó la nuca para relajar la tensión que le producía la interferencia de su hermano.

–Pensé que podíamos pasar un par de horas tranquilas.

Le gustaba mantener su vida privada lo más alejada posible del palacio. Aunque no le importaba que los tabloides de toda Europa recogieran sus escapadas románticas, nunca se había molestado en presentarle a su familia a ninguna de sus conquistas. A sus amigas les gustaban las fiestas y a él también, fin de la historia. Ninguna de ellas se habría ganado el cariño de la nación como habían hecho Olivia y Brooke. Las mujeres con las que salía eran caprichosas, mimadas y egoístas. Ninguna de ellas buscaba una relación más profunda, y él tampoco.

Noelle era todo lo contrario. Tenía una belleza atemporal y su meteórica carrera en el mundo de la moda había atraído la atención de los medios.

Todos los artículos que Christian había leído sobre ella durante la última semana alababan su visión y su talento. Destacaban cómo había empezado su carrera en Matteo Pizarro y cómo el propio diseñador se había convertido en su mentor. No le sorprendía su éxito. Hacía cinco años que se había dado cuenta de que su talento para el diseño la llevaría lejos. Era la falta de confianza en sí misma lo que la había parado.

Y su amor por él.

−¿Te ha dicho algo Olivia sobre cómo ha ido el encuentro con mamá?

Con la celebración de dos bodas reales con apenas dos meses de diferencia, Christian casi no había parado por el palacio, pero estaba seguro de que Noelle había conocido a la reina en alguna de las pruebas de los vestidos. Claro que en aquellas ocasiones no había sido más que la diseñadora de los vestidos de novia de las esposas de sus hermanos. Como madre del posible futuro monarca de Sherdana, se vería sometida a un escrutinio muy diferente. ¿Y si la reina decidía que Noelle no era adecuada para formar parte de la familia real?

¿Qué pensaría la reina de su nieto? ¿Habría pasado el niño el examen?

−¿Qué le ha parecido Marc a mamá?

−Estoy seguro de que Noelle te lo contará todo cuando llegue. Olivia los está trayendo para acá.

Christian habría preferido que alguien imparcial como la esposa de su hermano se lo contara, pero contuvo su excitación y se concentró en lo que recordaba del niño. Su breve encuentro apenas le había dejado unas cuantas impresiones: la fiera mirada de los Alessandro, su actitud protectora, su rechazo al hombre al que su madre le había presentado como príncipe Christian…

¿Le habría explicado Noelle quién era realmente él o pensaba decírselo estando juntos? Era algo que deberían haber hablado antes, pero no había caído en la cuenta. Había estado demasiado impresionado por el impacto del descubrimiento.

–¿Vais a quedaros Olivia y tú?

Gabriel se quedó mirándolo, pensativo.

–No lo habíamos pensado.

–¿Lo haréis? Aunque solo sea un rato. Puede que Marc esté asustado.

Christian sospechaba que la tensión los dejaría mudos si se quedaban a solas de inmediato.

–De acuerdo. Ahora mismo, lo más importante es Marc.

–Si estás insinuando que estoy nervioso…

No era habitual que Christian se mostrara nervioso, pero por una vez no le importó. Si había alguien que podía entender cómo se sentía, ese era Gabriel. Varios meses antes, el heredero al trono de Sherdana se había llevado una sorpresa cuando las gemelas Karina y Bethany habían aparecido en su casa tras la muerte de su madre. Christian tenía la impresión de que su hermano había asumido muy bien la paternidad. Claro que las niñas eran dos años más pequeñas que Marc y seguramente no habían echado en falta tener un padre. Pero un niño era diferente. Necesitaba una figura masculina en su vida, alguien en quien fijarse.

—Tengo un hijo de cuatro años al que apenas conozco —murmuró Christian, abrumado.

Gabriel le dio una palmada en la espalda para animarlo.

—Estoy deseando conocerlo.

Al instante, un niño de pelo oscuro apareció por la puerta, esquivó varios sillones y corrió directamente a la chimenea, al otro lado de la estancia.

—Mira, también entro en esta.

Vestido con pantalones azul marino y camisa clara, Marc se colocó dentro del hueco de la chimenea, con los brazos extendidos y una sonrisa traviesa en los labios.

El entusiasmo del pequeño acaparó la atención de todos los adultos. Christian fue el primero en apartar la mirada. Noelle acababa de entrar siguiendo a Olivia, y se tomó un momento para disfrutar de su serena belleza.

En modales y estilo, Noelle se parecía más a la elegante esposa de Gabriel que al espíritu bohemio de la de Nic. Llevaba un vestido entallado marrón con los costados en negro, lo que acentuaba su esbelta figura. Un pequeño volante en el bajo le daba un aire sofisticado.

—Marc, sal de ahí —dijo, dirigiendo una mirada de disculpa hacia Gabriel, que había tomado de la cintura a Olivia.

Después de cuatro meses, seguía sin acostumbrarse a las muestras de cariño de su hermano hacia su nueva esposa. Incluso de niño, Gabriel había sido serio y muy formal, como si ya entonces llevara el peso de la corona sobre su cabeza. A Christian le agradó verlo relajado y sonriente, besando a Olivia en la mejilla y susurrándole algo al oído.

Apartó la mirada de la feliz pareja a tiempo de ver la expresión nostálgica de Noelle mientras ella también observaba la escena. Deseaba tener la misma complicidad con Noelle que Gabriel tenía con Olivia. Lástima que hubiera traicionado la confianza que le hubiera permitido tenerla.

Noelle no podía pensar con claridad estando en la misma habitación con Christian y su hijo. A la vista de la reacción negativa de Marc hacia Christian la noche en que había aparecido sin avisar, le preocupaba que su hijo no quisiera saber nada de su padre.

Y ese era el menor de sus problemas.

Después de su encuentro con la madre de Christian y de presenciar cómo pasaba del papel de reina al de abuela cariñosa en cuestión de minutos, Noelle se había cuestionado su decisión de mantener en secreto la paternidad de Marc. Ahora que se sabía la verdad, suponía que la presión por legitimar a su hijo casándose con Christian aumentaría.

Por otra parte, nadie en el palacio parecía considerar la posibilidad de que se negara a contraer matrimonio. Olivia ya le había dicho que las gemelas estarían encantadas cuando Marc se fuera a vivir al palacio y Gabriel se mostraba encantado con las payasadas de su sobrino. No se había encontrado el rechazo que esperaba. Todos parecían haber aceptado que Marc era hijo de Christian.

Lo cual significaba que eligiera lo que eligiese en relación al futuro de su hijo, ella sería la única responsable de las consecuencias.

Le dolían los ojos del esfuerzo por evitar devorar a Christian con la mirada. Cada vez que estaba cerca de él, se obligaba a mantener una expresión neutral. Después de cinco años, pasar tanto tiempo con él empezaba a hacer estragos en su fuerza de voluntad. Sin darse cuenta, estaban renaciendo antiguas sensaciones. Mientras habían sido amantes, había pasado horas a su lado en la cama, sumida en un romanticismo absurdo que le llevaba a garabatear sus iniciales en el aire. Echando la vista atrás, no podía creer que hubiera sido tan estúpida.

—Marc, ven a conocer al príncipe Gabriel.

El pequeño rodeó el sofá y varios sillones para evitar a Christian antes de acercarse a su madre y quedarse muy serio mirando al hombre que estaba al lado de Olivia.

El príncipe Gabriel extendió la mano.

—Encantado de conocerte, Marc.

La mayoría de los niños de cuatro años no habrían sabido comportarse con el hombre que algún día reinaría el país, pero Marc tenía el mismo aplomo y temperamento que su padre.

—Encantado de conocerte, príncipe Gabriel.

Noelle sintió una mezcla de alivio y orgullo ante la demostración de los buenos modales de su hijo y contuvo el aliento al ver que iba a seguir hablando.

—Me gusta tu palacio. Es muy grande. ¿Alguna vez juegas al escondite?

—Hace mucho tiempo que no lo hago, pero a

mis hijas les encanta ese juego. Quizá algún día puedas jugar con ellas.

—Sí —contestó sin buscar la confirmación de su madre.

—¿Quieres ver el jardín? —preguntó Olivia.

Christian se acercó a su hermano.

—A lo mejor también quiere ver los establos.

—¿Hay calabazas en el jardín? —preguntó Marc, como si no hubiera oído a Christian—. En casa tenemos tres calabazas y una es así de enorme —dijo indicando el tamaño con las manos.

—Me temo que no hay calabazas —intervino Olivia—. Pero tenemos un estanque con peces.

—Marc, ¿por qué no vas con la princesa Olivia para que te enseñe el estanque? Enseguida iré yo también.

Emocionado, Marc corrió hacia las puertas correderas seguido de Olivia y Gabriel. Cuando el trío abandonó la habitación, la tensión de Noelle se disparó. Un músculo se encogió en el mentón de Christian y se quedó observando a Marc hasta que lo perdió de vista entre los arbustos. Al final, dirigió la vista a Noelle.

—¿Qué le has dicho a mi hijo para que me odie?

La pregunta no le sorprendía.

—No le he dicho nada de ti.

—¿Ni siquiera que soy su padre?

Noelle suspiró.

—No, todavía no. Siempre le he contado que nunca le he hablado a su padre de él porque me gusta cómo es nuestra familia.

—¿Y se lo ha creído? —preguntó escéptico.

–Tiene solo cuatro años. Por el momento, eso le convence. Pero no te odia.

Noelle sabía que la curiosidad innata de su hijo impediría que se olvidara del asunto.

–Entonces, ¿por qué me evita?

–El otro día, cuando viniste inesperadamente a mi casa, no fuiste precisamente agradable.

–Estaba molesto porque acababa de descubrir que me habías ocultando a mi hijo durante años.

–Nunca lo he ocultado –dijo Noelle sorprendida ante la amargura de Christian–. Habrías sabido de él si me hubieras llamado alguna vez después de nuestra ruptura.

Su separación no la había sentido como una ruptura. Nunca le había dicho que no fuera feliz con ella ni que quisiera salir con otras mujeres, tan solo la había animado a que aceptara el empleo que le había ofrecido el prestigioso diseñador Matteo Pizarro en París.

–¿Ves? Sigues enfadada conmigo –afirmó, señalándola con el dedo–. Sigues creyendo que no quiero formar parte de su vida.

Sí, se había sentido dolida por su rechazo, pero de eso hacía cinco años. Por supuesto que seguía enfadada, pero nunca habría vuelto a su hijo en contra de su padre.

–Si piensas eso, es que no me conoces bien –dijo poniéndose a la defensiva–. ¿No te parece que tu simple ausencia sea la causa del rechazo de Marc?

Aquel hombre era un egoísta insoportable.

–¿Alguna vez trataste de ponerte en contacto conmigo para decirme que estabas embarazada?

–¿Para qué? Me dejaste bien claro que habías terminado conmigo –dijo sacudiendo la cabeza, mientras un nudo se formaba en su garganta–. ¿Qué habrías hecho si lo hubieras sabido? Marc se merece tener a alguien con quien pueda contar todo el tiempo, no cuando encaje en su agenda.

–¿Alguien como Coomb? –preguntó Christian, tomándola por la muñeca–. ¿Dónde está tu anillo de compromiso, Noelle?

Su fuerza hizo que sintiera una ráfaga de calor extendiéndose por todo su cuerpo y dudó unos segundos antes de intentar soltarse.

–Geoff y yo hemos estado hablando y, dadas las circunstancias, cree que lo mejor para Marc es que desaparezca de escena para que Marc y tú tengáis la oportunidad de conoceros.

Respirando agitadamente, cejó en su empeño de soltarse y se quedó mirándolo.

–No sé qué clase de compromiso tenéis, si está dispuesto a renunciar a ti con tanta facilidad.

–Está preocupado por Marc.

Geoff tenía razón en que no había sido una buena idea. El tiro le había salido por la culata.

–Mi hijo adora a Geoff –continuó–. Deberías agradecer que esté dispuesto a hacerse a un lado para no complicar la situación, ya de por sí delicada.

No quería que Christian viera las lágrimas que asomaban a sus ojos, así que se volvió hacia las puertas correderas. Pero antes de echar a andar hacia el jardín, él se lo impidió.

–Estoy decidido a hacer lo imposible para convertirme en tu marido y en padre de Marc.

Noelle no sabía si reír o llorar al escuchar aquellas palabras de un hombre tan impredecible. Todavía seguía debatiéndose cuando Christian tomó su rostro entre las manos y acercó los labios a los suyos.

La deliciosa presión de su boca la sorprendió, dejándola inmóvil. Se sintió transportada en el tiempo hasta el momento de su primer beso. Había surgido de una manera completamente diferente, en un momento de diversión y no de amargura.

Al principio de su peculiar relación, Christian solía ir a su apartamento cuando se sentía triste y bajo de ánimos. Decía que tenía una gran habilidad para despejar sus sombras, y ella se sentía halagada por aquel carismático príncipe, cuyos favores buscaba todo el mundo, y que la tenía por alguien especial.

Noelle hundió sus dedos impacientes en el pelo ondulado de Christian y estrechó su cuerpo contra el suyo. Se moría por una muestra física de cariño. Disfrutaba de los abrazos de su hijo, pero a veces echaba de menos las caricias de un hombre. Deseaba que la despojara de su ropa y se saliera con la suya. Christian era un maestro en aquellas artes. Sus firmes y habilidosas manos le produjeron un escalofrío.

Sintió sus dedos en su cadera mientras se sacudía contra él, y la tensión de su entrepierna se hizo insoportable. Frotó los senos contra su pecho para aliviar el deseo, pero el roce solo sirvió para que su temperatura aumentara.

Unas voces provenientes del jardín despertaron a Noelle de la locura que estaba cometiendo. Puso fin al beso, pero no tuvo la fuerza necesaria para escapar al abrazo de Christian. ¿Acaso había perdido el sentido? En cualquier momento podían ser descubiertos por el personal del palacio, la familia de Christian o incluso por su propio hijo.

Christian se aprovechó de su titubeo y hundió el rostro en su cuello. Sus labios se deslizaron por su piel, provocando un cosquilleo a su paso.

—Sabía que entrarías en razón.

Un escalofrío la recorrió al oír aquellas palabras. Noelle apretó los dientes y maldijo su impulsividad. Se puso rígida y se volvió.

—No he cambiado de opinión.

—Diez segundos han sido suficientes para que te derritieras en mis brazos —dijo él esbozando una sonrisa depredadora—. Yo diría que es una buena muestra de que estás de acuerdo en que lo mejor para todos es que nos casemos.

Con el corazón latiendo desbocado era complicado fingir que aquel apasionado beso no le había afectado.

—El sexo entre nosotros siempre fue maravilloso —admitió—, pero esa no es razón para que nos casemos.

—Evidentemente no es la única razón, pero ¿no serías más feliz con un hombre que te vuelve loca en la cama? Yo soy ese hombre. ¿Por qué te resistes?

Su arrogancia la dejó muda. Durante los siguientes segundos, se quedó estudiando su rostro. Lo que vio le dio razones para pensar que aquella seguridad que irradiaba era, al menos en parte, fingida.

—No me estoy resistiendo a nada, tan solo quiero tomar una decisión sensata basada en lo mejor para Marc y para mí. Que me beses, no me lo pone más sencillo.

Al ver la mirada escéptica de Christian, sintió que las mejillas le ardían. Sí, arrojarse a sus brazos no había sido lo más sensato, pero lo cierto era que aquel hombre tenía una especial habilidad para hacer que sus hormonas se dispararan y perdiera el juicio.

Él alargó la mano y le acarició la mejilla. Las rodillas le temblaban y no pudo apartarse de él, así que se quedó donde estaba mientras él acortaba el poco espacio que los separaba y volvía a besarla. Aquel beso era la demostración de que no estaba dispuesto a darse por vencido.

Noelle suspiró a la vez que Christian retiraba la mano.

—Tengo que ir a ver cómo está Marc.

—Vamos.

Christian evitó tocarla mientras salían del salón y se dirigían al jardín. Noelle sentía los músculos entumecidos por el deseo. Era plenamente consciente de la distancia que los separaba. Una sensación caliente e intensa invadió su vientre al revivir el beso.

Marc estaba tumbado en una de las rocas planas que rodeaban el estanque, con la nariz a escasos centímetros de la superficie del agua. El entusiasmo de su hijo no fue suficiente para distraerla y pasar por alto la curiosidad de Olivia al cruzar la mirada con Christian. Incapaz de contener el calor que sentía en las mejillas, Noelle no estaba segura de si le agradaba la evidente aprobación de la princesa. Con todos pendientes de que Christian engendrara un heredero y Marc a la espera de ser reconocido por su padre, la presión sobre Noelle aumentaba.

¿Alguien la entendería si rechazaba a Christian? ¿Se estaría equivocando por querer que su hijo creciera sin la responsabilidad de tener que gobernar el país algún día? ¿Estaba siendo egoísta por tener en cuenta sus propios sentimientos? Tal vez Christian fuera el amante con el que toda mujer soñaba, pero ¿tenía madera de esposo y padre? Por su experiencia, sabía que no, pero al igual que cinco años la habían hecho cambiar, lo mismo le podía haber pasado a él. ¿Y hasta dónde estaba dispuesta a llegar para saberlo con seguridad?

Capítulo Seis

Christian se quedó al otro lado del estanque, frente a su hijo, atento a sus movimientos y comentarios, con una expresión amable en el rostro. El corazón le seguía latiendo con fuerza después de su conversación con Noelle. Se sentía algo aturdido, embriagado por el olor a césped recién cortado y el perfume de flores de Noelle.

Marc rio cuando uno de los peces saltó en el agua y lo salpicó en la cara.

—Mamá, ¿has visto eso? El pez me ha dicho hola.

—Sí, lo he visto. ¿Por qué no damos un paseo hasta el granero?

—Es casi la hora de la clase de hípica de Bethany y Karina —añadió Gabriel—. Tal vez te gustaría ver sus ponis.

—Claro —dijo Marc poniéndose de pie y tomando la mano de Olivia—. ¿Me llevas?

La princesa intercambió una breve mirada con su marido.

—Me temo que el príncipe Gabriel y yo tenemos cosas que hacer, pero el príncipe Christian es el que mejor conoce los establos. Él puede llevarte.

Olivia y Gabriel se despidieron y regresaron al palacio. Marc se quedó mirándolos antes de volverse hacia su madre.

–¿Puedo quedarme aquí con los peces? No quiero ver los ponis.

–Hace un momento estabas deseando ir a verlos –comentó Noelle frunciendo el ceño–. Además, ¿desde cuándo no te gustan los ponis?

–Iré si él no viene.

–Eso es muy descortés. El príncipe Christian es un hombre muy ocupado y ha dejado sus asuntos para pasar un rato con nosotros.

–Pues que se vaya a trabajar.

Noelle apretó los labios y lanzó una mirada compasiva hacia Christian.

–Primero los establos –intervino Christian, tratando de poner fin a la discusión–. Luego voy a llevaros a ti y a tu madre a comer a un bonito restaurante junto al río.

–No tengo hambre.

El niño seguía mostrándose huraño, pero Christian no estaba dispuesto a darse por vencido.

–Lástima, porque es un restaurante de comida americana que tiene las mejores hamburguesas y batidos de Sherdana.

–¿Podemos ir? –preguntó el niño, mirando a su madre con una sonrisa triunfal.

–No tenía pensado que nos quedáramos a comer. Tengo una cita dentro de una hora.

–Marc y yo podemos ir solos –dijo sonriendo al pequeño–. Luego puedo llevarlo a casa.

–Supongo que es una buena idea. ¿Qué te parece, Marc?

El niño dio una patada al suelo y se quedó cabizbajo.

–No me siento bien.

Christian sabía cuándo había perdido una batalla.

–Quizá en otra ocasión.

–¿Podemos irnos a casa, mamá?

–Claro, y directo a la cama. Ese es el sitio para los niños que están enfermos –dijo, y le revolvió el pelo a Marc, mientras hacía un gesto de disculpa a Christian.

–Pero se supone que esta tarde iba a jugar con Dino.

–No sé si te habrás recuperado tan rápido.

Marc dirigió una mirada asesina a Christian y tomó de la mano a su madre.

–Me alegro de haberte vuelto a ver, Marc.

Christian volvía a comportarse como príncipe más que como padre.

El niño no dijo nada, y Christian trató de sonreír, pero la rigidez de los músculos de su cara se lo impidió. La torpeza que sentía cuando estaba con su hijo le hacía resultar antipático y estirado, muy diferente a como era realmente. Las dos hijas de Gabriel adoraban a su tío Christian, que siempre estaba dispuesto a jugar con ellas y a obsequiarlas con caramelos. Pero con su hijo no estaba teniendo la misma suerte, y eso le hacía sentirse frustrado.

–Vamos, despídete del príncipe –dijo Noelle.

La orden de su madre lo hizo refunfuñar. Desesperada, Noelle lo empujó suavemente en dirección al palacio. Christian se quedó mirándolos mientras se alejaban y esperó a que entraran en el edificio para volver.

De camino, se encontró con la secretaria privada de la reina. Gwen llevaba con su madre desde que nacieran los trillizos. A pesar de los tacones que llevaba, apenas le llegaba al hombro a Christian. A veces, su corta estatura hacía que la subestimaran, pero nadie cometía el mismo error dos veces.

–La reina quiere veros en su despacho.

No le sorprendía. Después de haber conocido a Marc, tendría preguntas que hacerle.

–¿Ahora mismo?

Su madre solo enviaba a su secretaria cuando quería algo inmediatamente, y sabía que su pregunta irritaría a Gwen, pero tenía que liberar un poco de tensión.

–¿Acaso tienes otra cosa más importante que hacer? –preguntó Gwen enarcando las cejas.

Christian negó con la cabeza.

–Te sigo.

–Tengo cosas que hacer. Estoy segura de que podrás ir solo.

A pesar de su mal humor, Christian sonrió.

–Buenos días, mamá –dijo al entrar en el despacho y tomar asiendo frente a ella–. Tus jardines están más bonitos que nunca. No sé cómo lo consigues.

La reina no se distrajo con sus halagos.

–Me sorprende que te hayas dado cuenta. Creí que estabas más atento a Noelle Dubone y a ese hijo suyo.

La reina hizo una pausa y ladeó la cabeza a la espera de que su hijo dijese algo, pero Christian permaneció mudo.

–¿O debería decir tu hijo? Supongo que estás pensando en casarte con ella. No podemos tener más ilegítimos en Sherdana.

–Es lo que me gustaría.

–Bien. Quiero que tenga un anillo en su dedo antes de que la prensa se entere. Ya hemos tenido suficientes escándalos amorosos en el último año. Espero que no tengas más prole por ahí.

–No, que yo sepa.

Cuando había estado con otras mujeres, había sido más cuidadoso que con Noelle.

Su respuesta no satisfizo a su madre.

–¡Christian!

–No, no tengo más hijos.

–¿Cómo estás tan seguro?

–He tenido cuidado.

La expresión de la reina se volvió aún más severa.

–No el suficiente.

–Con Noelle fue diferente.

–Necesitamos un heredero al trono.

–Haré todo lo que haga falta para convencer a Noelle de que se case conmigo.

Estaba más decidido que nunca, porque si lo rechazaba, no estaba seguro de que pudiera casarse con nadie más.

La tienda de Noelle tenía el tamaño justo para recibir a su exclusiva clientela. Por lo general, las novias acudían con no más de seis personas, pero la cita de aquel día había llenado la tienda.

El grupo lo formaban veinte personas, todas ellas dispuestas a opinar, y una novia. La hija pequeña de un multimillonario naviero griego, Daria, era la última de cuatro hermanas en casarse, y habían acudido todas para darle su consejo, además de sus dos abuelas, su madre, su futura suegra y varias de sus cuñadas.

Con anterioridad a la cita, Noelle le había enviado una docena de bocetos. La novia, o más bien su familia, había elegido cinco de los doce. Consciente de que no era la única diseñadora a la que habían consultado, estaba poniendo todo de su parte. Los vestidos eran creaciones elegantes y llenas de fantasía para una joven de veinte años. Con todos ellos estaba preciosa.

Mientras su familia se enfrascaba en una discusión con cada uno de los modelos, Daria no parecía convencida con ninguno de ellos. Su expresión era cada vez más apagada y contestaba a las preguntas de Noelle sin ningún entusiasmo. Más que conseguir una gran venta, lo que le preocupaba era que la joven fuera feliz.

Así que se quedó junto a la puerta del amplio vestidor mientras su asistente ayudaba a la clienta a quitarse el último vestido que se había probado.

–Tengo un último vestido que quisiera que se probara –dijo ante la sorpresa de su empleada.

–Ya me he probado los cinco modelos.

–Decidí crear uno más a partir de los bocetos que le envié.

Lo había diseñado después de la primera entrevista que había tenido con la joven al poco de anunciarse el compromiso. Le había sorprendido que rechazara el diseño y no había podido quitárselo de la cabeza, porque estaba convencida de que era el estilo perfecto para Daria.

–¿Quiere verlo?

–Por supuesto.

Para alegría de Noelle, un destello de curiosidad asomó a los ojos oscuros de la muchacha.

–Maravilloso. Calantha, ¿puedes traer el Nieve del Bosque?

Como cada vestido era diferente, Noelle les ponía nombre.

–El nombre suena bien.

A Noelle le agradó su comentario. Parecía más animada de lo que había estado en toda la tarde.

–Es uno de los diseños que descartó –dijo Noelle mientras la ayudaba a quitarse el vestido que llevaba–. El diseño es más bonito al natural que en el boceto.

La puerta se abrió y Calantha entró con el Nieve del Bosque. Daria contuvo la respiración al ver el vestido y sus ojos brillaron. Aquella era la reacción que Noelle estaba esperando.

–Es precioso –murmuró Daria, acariciando las flores de organza cosidas a la falda–. Recuerdo este vestido. Era mi favorito.

Noelle se mordió el interior del labio para no preguntarle a la chica por qué lo había descartado. Sabía la respuesta. Según algunas informaciones, su padre iba a gastarse más de once millones de euros en la boda. Daria se iba a casar con el hijo de un conde italiano muy rico, y el acontecimiento sería seguido por toda la prensa. El vestido de Daria tenía que ser espectacular, y la belleza de aquel modelo estaba en los detalles.

Moviéndose con soltura, Noelle y Calantha le ayudaron a ponerse el vestido. La joven estaba de espaldas al espejo de tres cuerpos. La primera impresión era importante, y Noelle quería que se enamorara del vestido desde el primer momento.

–Muy bien, dese la vuelta.

Daria se quedó contemplando su reflejo y los ojos se le llenaron de lágrimas.

–Es perfecto.

El vestido era de gasa blanca con flores de organza cosidas y un ramillete de perlas que simulaban un racimo. El escote barco y las mangas largas hacían destacar su figura y sus bonitos ojos marrones.

–¿Quiere enseñárselo a su familia?

Daria negó con la cabeza.

–No hace falta. Esta es mi boda y quiero este vestido. Ya lo verán el día de la boda.

–Voy a pedirle a Yvonne que venga para que haga los ajustes que hacen falta. Me alegro de que hayamos dado con el vestido perfecto.

Se disculpó y volvió al salón, en el que esperaba la familia de Daria. Con una sonrisa diplomática, Noelle anunció que Daria había elegido un vestido y que quería sorprender a todos con su elección el día de la boda. En los rostros de las mujeres hubo una mezcla de sorpresa y fastidio.

Una hora más tarde, después de que el grupo se fuera, Noelle se dejó caer en una butaca. Para su satisfacción, la heredera había pagado ella misma el vestido, dejando claro así que la única opinión que contaba era la suya. Las empleadas de Noelle abrieron una botella de champán y se unieron a su jefa para celebrarlo.

Noelle estaba tomándose la tercera copa cuando la campanilla de la puerta anunció la llegada de alguien. Hizo un gesto a las empleadas para que no se movieran, y ella misma fue a la puerta. Dos copas y media de champán no eran suficientes para que se sintiera mareada, pero al ver la imponente presencia de Christian por segunda vez en el día, sintió que la cabeza le daba vueltas.

—¿Christian? ¿Qué estás haciendo aquí?

—Quiero que Marc y tú vengáis conmigo a pasar el fin de semana a mis viñedos.

Ella frunció el ceño al sentir que su cuerpo se entusiasmaba con la idea.

—Eso es ir demasiado deprisa.

—Lo siento, pero no quiero dejar pasar el tiempo. Quiero casarme contigo y ser el padre de Marc. Necesita saber que soy su padre y que tú y yo estamos decididos a formar una familia.

Gracias a su angustioso encuentro con la reina y a la caótica familia de la novia griega, las dotes diplomáticas de Noelle estaban bajo mínimos.

—¿Y si yo no lo tengo tan claro?

—Ven a los viñedos este fin de semana y hablaremos.

Sospechaba que Christian intentaría acostarse con ella para convencerla.

—Ya no soy la muchacha desvalida que conociste. No conseguirás nada seduciéndome.

–¿Qué tal si te seduzco solo por el placer de hacerlo?

Estaba más que abierta a aquella sugerencia, pero no podía permitir que lo supiera.

–Tienes que concentrarte en nuestro hijo. Es a él al que tienes que ganarte.

–¿Estás diciendo que si logro que Marc me acepte te casarás conmigo?

Noelle sacudió la cabeza.

–No es tan sencillo, Christian. Creo que tienes que formar parte de su vida, pero no estoy convencida de que sea bueno para él poner patas arriba su mundo porque vaya a ser heredero de la Casa Real.

–¿Qué hubiera pasado si nos hubiéramos casado antes de concebir a Marc? ¿Seguirías pensando lo mismo?

No pretendía herirla con sus palabras, pero Noelle era consciente de que provenían de dos mundos diferentes y nunca se había mostrado dispuesto a permitir que formara parte del suyo.

–Como eso no iba a ocurrir, nunca se me pasó por la cabeza.

Cinco años atrás, mientras habían estado juntos, le había molestado cada vez más ser su pasatiempo secreto. Entonces, los tabloides habían empezado a publicar fotos suyas con la atractiva hija de un vizconde holandés, especulando sobre la posibilidad de que estuvieran a punto de comprometerse. Había pensado en romper con él, pero Christian había negado los rumores y le había hecho el amor con tanta pasión que se había olvidado de todo.

–Hace cinco años, cuando estuvimos juntos, era

joven y estúpido. No me di cuenta de lo que perdía cuando dejé que te fueras de mi vida.

–¿Irme? –repitió, y se le disparó la adrenalina–. ¡Me echaste de tu vida!

Christian resopló.

–De eso nada. Solo te dije que aprovecharas aquella magnífica oportunidad para tu carrera.

–Quería quedarme contigo.

Acababa de confesarle lo que había ocultado en su corazón durante cinco años.

–¿Crees que no lo sabía? Pero ya me había aprovechado de ti lo suficiente y te merecías algo mejor. Me importabas más de lo que estaba dispuesto a admitir.

–No te creo.

Si lo hacía, la ira y el resentimiento que había acumulado en los últimos años desaparecerían y volvería a abrir su corazón al sufrimiento.

–No me querías a tu lado –añadió Noelle.

–Sé que es fácil echarme la culpa de cómo acabaron las cosas entre nosotros, pero no me negarás que dejaste de ser feliz al final.

Noelle sacudió la cabeza.

–Quería lo que no podía tener. Quería ser la mujer que fuera de tu brazo y que ocupara tu cama.

–Lo intentamos, pero no funcionó, ¿recuerdas?

Se estaba refiriendo a la noche del accidente y al hecho de que la falta de sensatez de ella casi lo matara.

–Lo recuerdas. ¿Qué te hace pensar que esta vez será mejor?

–Tendrás que confiar en mí.

Capítulo Siete

El lujoso coche aminoró la marcha al pasar por el pintoresco pueblo de Paderna, a unos trece kilómetros de los viñedos. A su lado, Noelle miraba desde la ventanilla las tiendas de la calle principal. Con cada kilómetro que recorrían, se relajaba un poco más, al contrario de Christian, cuyo nerviosismo iba en aumento. Su hijo dormía plácidamente.

Apenas habían hablado en las dos horas de trayecto. Después de la discusión de hacía tres días, Christian temía sacar algún tema de conversación que tensara el ambiente y complicara su relación con Noelle o con su hijo.

–Se me había olvidado lo bonito que es el campo. Y tan cerca de Carone.

–¿No tenías unos primos en Gallard a los que solías visitar?

–Hace años que no voy a verlos. El trabajo no me permite viajar por placer.

–Entonces, me alegro de que hayas accedido a pasar conmigo este fin de semana. Te vendrá bien descansar un poco.

–Este tiempo es para que Marc y tú os conozcáis mejor –dijo–. Tengo que dibujar algunos bocetos para unas clientas –añadió dando una palmada a su maletín.

97

–Al menos, te tomarás un rato para recorrer la bodega. Es mi gran orgullo.

Aunque ganaba millones comprando y vendiendo empresas, su verdadera pasión era cultivar las mejores vides de todo el país.

Seis años atrás había adquirido el castillo Bracci y los viñedos que lo rodeaban a Paulo Veneto, un conde de Sherdana endeudado a causa de su vicio por las apuestas. En cuanto le habían dado el alta en el hospital, Christian se había ido allí para ocultarse y recuperarse del accidente. Al principio, no le había agradado la tranquilidad del campo. Entre los acuerdos empresariales y su intensa vida social, estaba acostumbrado a un ritmo frenético. A fin de mantenerse ocupado y olvidarse de los dolores, había empezado a aprender a hacer vino.

En aquel momento, la bodega apenas se mantenía y las uvas eran muy malas. Christian sospechó que el encargado estaba vendiendo la producción de uvas y comprando otras de peor calidad, embolsándose la diferencia. En menos de una semana, Christian lo había despedido y lo había reemplazado por dos hombres de la competencia. Después de invertir una en nueva maquinaria, había cruzado los dedos a la espera de que las uvas fueran buenas. La primera cosecha había ido bien y el vino había hecho que la bodega ganara su primer premio.

–Estos son mis terrenos –dijo Christian, señalando las filas de vides.

–Recuerdo que mencionaste algo de comprar una bodega. Nunca te has aferrado a nada. ¿Por qué quedártela?

–Aquí se hacen los mejores vinos de Sherdana. ¿Por qué iba a querer desprenderme de esto?

–Así que es una cuestión de prestigio.

Por su tono supo que su respuesta la había defraudado. Quería que le dijera la verdad, no que le diera respuestas superficiales.

–Me encanta este sitio.

–Me muero por conocerlo.

Estaba deseando enseñárselo. El castillo de siete siglos de antigüedad tenía un gran encanto, a diferencia de sus sofisticados apartamentos de París y Londres. Su círculo de amigos pensaba que estaba loco por querer pasar tiempo allí. No se podían imaginar que fuera capaz de entretenerse sin discotecas ni restaurantes caros. El aislamiento que al principio tan poco le había gustado, era ahora un bálsamo para su espíritu. Por desgracia, y debido a sus compromisos empresariales, no podía disfrutar de él tanto como le gustaría.

El coche cruzó un arco, única entrada al patio del castillo, continuó por el camino de acceso y se detuvo junto a unas puertas dobles. Mientras el conductor se bajaba y le abría la puerta a Christian, varias personas salieron del imponente edificio y se dirigieron al coche. Christian se volvió hacia Noelle. Marc se estaba retorciendo en su asiento.

–¿Por qué no dejas que lo lleve adentro en brazos? –preguntó Christian, confiando en que el niño no protestara al estar adormilado.

–Claro.

Noelle salió del coche detrás de él y se quedó mirando la torre que tenía delante.

–Es realmente un castillo, ¿verdad?

–¿Qué esperabas?

Ella arrugó la nariz.

–Algo más parecido a los de los cuentos.

Christian sonrió.

–Es descomunal, ¿no? No te preocupes. Te gustará el interior. Hay agua corriente y electricidad.

–Así que no hay escaleras iluminadas con antorchas.

–Pareces decepcionada.

Le divertía bromear con ella. Le hacía recordar lo mucho que habían disfrutado de su mutua compañía.

–En parte sí.

Christian soltó el cinturón de su hijo y lo tomó en brazos. El peso de su cabeza en el hombro le produjo una sensación placentera. El instante era maravilloso y cerró los ojos para grabar el recuerdo antes de seguir a Noelle al interior.

El vestíbulo era una amplia estancia con una chimenea a cada lado. Se encontraron con una mujer de unos cincuenta años, vestida con un sencillo vestido azul adornado con un broche de plata.

–Noelle, te presento a la señora Francas, mi ama de llaves. Si necesitas algo, pídeselo.

La mujer morena sonrió.

–Señorita Dubone, es un placer tenerla a usted y a su hijo con nosotros. Haré que les lleven su equipaje a la habitación. Como ha dicho el príncipe Christian, si necesita algo, no dude en pedírmelo. Queremos que tenga una agradable estancia con la esperanza de que vuelva.

Noelle se quedó sorprendida y Christian ladeó la cabeza ante la poco sutil indirecta de la señora Francas. Había sido la niñera favorita de Christian cuando Gabriel, Nic y él eran niños, y eso le hacía sentirse con la libertad de darle su opinión.

—Gracias —dijo Noelle con una amable sonrisa.

Entraron en el gran salón. En sus tiempos, todos en el castillo se reunían allí para comer. La parte inferior de las paredes de nueve metros estaba forrada con un revestimiento oscuro y de ellas colgaban enormes cuadros con escenas de caza.

—Siento como si hubiera viajado atrás en el tiempo, hasta el siglo XIV.

—Cuando compré el castillo, estaba en muy mal estado. Veneto odiaba el país y rara vez visitaba sus propiedades. Los suelos de piedra estaban desportillados y desnivelados. El yeso se caía por todas partes. Decidí dejar algunas paredes con su piedra original y allí donde el revestimiento estaba mejor, lo hice restaurar.

—¡Mira! —exclamó Noelle, señalando unas armaduras—. A Marc le van a encantar.

Al oír su nombre, el niño se espabiló y levantó la cabeza del hombro de Christian.

—¿Mamá?

—Estamos en el castillo del príncipe Christian. Fíjate qué grande es la habitación.

—¡Vaya!

Marc abrió los ojos como platos mientras observaba a su alrededor. Se retorció para mirar en todas direcciones, pero no hizo amago de apartarse de Christian.

Decidido a darse por vencido mientras llevara la delantera, Christian dejó a su hijo en el suelo.

–Vete a ver aquella armadura de allí –dijo señalando una tan adornada que costaba creer que alguien se la hubiera puesto en una batalla.

–¿Es tuya? –preguntó el niño maravillado–. ¿Te la has puesto alguna vez?

Por un par de segundos, brilló en sus ojos dorados la adoración al héroe y Christian se entusiasmó al ver la admiración de su hijo.

–No. Fue hecha para uno de mis antepasados y solo a él le quedaba bien –explicó.

–¿La usó en alguna batalla contra gnomos?

–Creo que no. El tatarabuelo de mi tatarabuelo la usó para defender la frontera de Sherdana.

No tenía ni idea de si era cierto, pero estaba convencido de que alguno de sus antepasados había usado la armadura, y la historia sirvió para atraer el interés de su hijo.

–Qué chulo.

Para deleite de Christian, Marc no estaba mostrando su habitual recelo hacia él. Mientras el niño corría desde la armadura hacia donde estaban expuestas las espadas y las hachas de guerra, Christian puso la mano en la espalda a Noelle y la guio hacia el salón. Había una alfombra en el suelo de piedra y las paredes estaba cubiertas de paneles. Grandes ventanales con cortinas de terciopelo azul daban hacia el patio interior del castillo. Los rayos del sol de la tarde bañaban las últimas rosas del verano. Delante de la gran chimenea había una acogedora zona de estar, con sofá y sillones.

–Aquí es donde paso la mayor parte del tiempo cuando vengo. La escalera –dijo señalando a su derecha– lleva a la primera planta y a las habitaciones de los invitados. Puedo pedirle al ama de llaves que te enseñe tu habitación o…

–¿O qué? –preguntó Noelle mirándolo con curiosidad.

Christian rio.

–No tengo ni idea. ¿Qué te parece si damos una vuelta por fuera? Desde lo alto de las murallas hay unas vistas fabulosas.

–Creo que a Marc le encantará.

Con su hijo corriendo delante de ellos, Christian y Noelle atravesaron el patio y subieron la escalera que llevaba a las almenas. El sol otoñal realzaba los verdes y dorados de los campos que rodeaban el castillo. Una suave brisa le agitó el pelo oscuro y sedoso a Noelle y Christian le apartó un mechón de la cara.

Arrastrado por el deseo de tomarla entre sus brazos y besar sus suaves y carnosos labios, Christian deslizó los dedos por su fino cuello hasta tomarla por la nuca. Un débil suspiro estuvo a punto de ser su perdición, pero las carreras de Marc por las almenas y sus comentarios evitaron que se dejara llevar por sus impulsos.

–Creo que voy a volverme loco esperando a saborearte –murmuró junto a su oído.

Estaba lo suficiente cerca como para notar el estremecimiento de su cuerpo al sentir su aliento en la piel.

–No puedo prometerte nada hasta que Marc se

meta en la cama esta noche, pero yo también estoy deseando ponerte las manos encima.

Su cuerpo reaccionó de manera predecible ante aquel comentario. El calor se extendió desde su entrepierna y sus músculos se contrajeron. Lo había dejado sin aliento y fuera de juego. La tomó por la cintura y la atrajo hacia él hasta que sus labios quedaron junto a su frente.

—Nunca había sentido algo así por nadie —dijo y, antes de que el deseo anulara su fuerza de voluntad, la soltó y se pasó las manos por el pelo—. ¿Qué te ha hecho cambiar de opinión?

—No he cambiado de opinión.

—Acabas de decir que…

La miró confundido, preguntándose el motivo de su misteriosa sonrisa.

—He decidido no seguir luchando contra la química que hay entre nosotros. Quiero hacer el amor contigo. Es en lo único que he pensado de camino aquí, pero hace tiempo que descubrí que el sexo no implica que tengamos un futuro en común.

Noelle no pretendía que su comentario fuera cruel, pero quería que entendiera su postura.

—Siento si te ha sonado demasiado duro.

—No lo sientas, lo esperaba. Tienes razón. Cuando estuvimos juntos, no quería renunciar a mi libertad. Me gustaba vivir el momento y disfrutaba siendo irresponsable y egocéntrico.

Se advertía una nota de lamento en sus palabras, pero Noelle no estaba segura de que hubiera cambiado tanto.

—Aun así, si no fuera porque tus hermanos te

han puesto en la difícil tesitura de tener que dar un heredero al trono, no estaríamos Marc y yo pasando el fin de semana contigo.

La verdad pesaba sobre ella, pero no le impedía desear que los quisiera en su vida, porque eso significaba que sentía algo por ellos. Al intentar sonreír, las comisuras de sus labios temblaron.

—No soy tan malo como piensas.

—No me has entendido bien. No creo que seas malo, es solo que no quiero que pienses que no estoy siendo razonable porque dude de tu sinceridad.

—¿Qué significa eso?

—Sé honesto. Quieres sexo conmigo y esperas que vuelva a enamorarme de ti para poder casarte y cumplir con tu obligación hacia Sherdana.

—Haces que parezca un canalla sin corazón —dijo observándola—. Sí, quiero sexo. Nunca he conocido mayor placer que haciéndote el amor. ¿Fui un tonto al apartarte de mi vida y renunciar a eso? Por supuesto. Pero era un estúpido y tenía miedo, y en aquel momento me pareció que era lo que debía hacer.

Noelle contuvo el aliento al oír aquella apasionada declaración. Ella también estaba de acuerdo en que el sexo con él había sido fantástico.

—Todo esto es muy complicado —murmuró ella, y buscó con la mirada a Marc para recordarse cuáles eran sus prioridades.

—No tiene por qué serlo.

Christian tomó su mano y le dio un apretón. Luego se la llevó a la cara y acarició su muñeca con los labios. Noelle volvió su atención a Christian y se estremeció. Al verlo esbozar una de sus sonrisas, el corazón le dio un vuelco.

¿Tendría razón? ¿Debería olvidarse del pasado y concentrarse en el futuro? En otra época, habría dado cualquier cosa por casarse con Christian, sin importarle que solo la quisiera por el hijo que esperaba.

Noelle inspiró profundamente.

—Después de cenar deberíamos decirle a Marc que eres su padre. Si seguimos posponiéndolo, le molestará que no se lo hayamos dicho antes.

—Me parece bien.

Acabaron de recorrer las almenas y volvieron al castillo para asearse antes de la cena. Marc se había llenado de barro, pero Noelle lo veía demasiado cansado como para que se diera un baño. En vez de eso, le lavó las manos y la cara, y lo obligó a ponerse ropa limpia, antes de dejarle jugando con su tableta para ir a cambiarse para la cena. Sacó un sencillo vestido negro de escote en pico que se ajustaba a su cuerpo como un guante. Encima se puso una chaqueta negra de manga corta adornada con plumas. Unos zapatos de tacón completaron el atuendo. Se sentía segura y atractiva, lista para enfrentarse al ingenio de Christian.

Precedida por su hijo, Noelle recorrió el pasillo camino del piso inferior. Al pie de la escalera los esperaba Christian, muy guapo con traje gris oscuro y camisa blanca.

Aunque pensaba que estaba lo suficientemente tranquila y preparada para meterse con Christian en la cama sin darle mayor importancia, el hombre tenía tal magnetismo que sus latidos se aceleraron nada más cruzarse con su mirada. Algunas partes de su cuerpo cobraban vida con sus sonrisas. No le permitiría echarse atrás en su decisión de hacer el amor. Una cálida sensación se expandió desde su vientre. Deseaba sentir sus manos recorriendo su cuerpo. Por el brillo ardiente de sus ojos, su intención era hacerlo realidad esa misma noche.

Pero antes tenían una conversación pendiente. Noelle sabía que en cuanto le contara la verdad a Marc se abriría ante ellos un camino para el que ninguno estaba preparado. Si no hubiera estado tan nerviosa, habría disfrutado de las chuletas de cordero y del delicioso postre de chocolate. Pero no pudo concentrarse en la comida. Apenas prestaba atención a los intentos de Christian por ganarse a Marc. El niño había vuelto a mostrar su acritud.

Después de la cena, Noelle condujo a su hijo al salón, en el que una de las doncellas había dispuesto el café, y tomaron asiento. Christian no parecía tan nervioso como ella.

–Marc, tengo que contarte algo importante sobre el príncipe Christian.

Su hijo se retorció, como si así pudiera escapar de la tensión que llenaba la estancia. Noelle puso la mano sobre sus rodillas para impedir que siguiera dando golpes al sofá.

–¿Qué?

El pequeño se recostó en los cojines y se quedó mirando el techo.

Noelle se dio cuenta de que estaba perdiendo la atención de su hijo y decidió darse prisa.

–Estaba esperando que fueras lo suficientemente mayor para contarte una cosa.

Como si no hubiera escuchado las palabras de su madre, el niño se dejó caer al suelo.

–¿Has visto eso, mamá?

–Sí, pero ahora por favor siéntate en el sofá y escucha lo que te estoy diciendo.

Esperó a que volviera a sentarse antes de tomarlo por los brazos y obligarlo a mirarla.

–El príncipe Christian es tu padre.

–No –sacudió la cabeza con fuerza.

–No tengo padre.

–Lo tienes, y es el príncipe Christian.

Marc se puso de rodillas y se acercó a su oreja.

–No me gusta –susurró junto a su oído.

–Claro que sí –dijo, y miró a Christian para ver su reacción.

Tomándolo como una invitación, Christian se acercó a su hijo y le dirigió una amable sonrisa. Noelle se derritió al ver su tierno gesto, pero Marc continuó en sus trece.

–Él no me gusta. Prefiero a Geoff.

–Solo porque te guste Geoff no significa que no pueda gustarte también tu padre.

–Él no es mi padre, a él no lo conozco.

–Me gustaría que eso cambiara –intervino Christian–. Tu madre y tú podéis quedaros en el palacio para que nos conozcamos mejor.

–No quiero quedarme en el palacio, quiero quedarme en mi casa –dijo el niño con el rostro constreñido–. Por favor, mamá, ¿podemos quedarnos en casa?

No le gustaba ver a su hijo tan alterado, y sacudió la cabeza, mirando a Christian.

–Es demasiado para que lo asimile fácilmente. ¿Por qué no lo llevo a la cama? Mañana seguiremos hablando.

Christian pasó la mano por la cabeza del niño y no le sorprendió que se apartara y buscara refugio en el pecho de su madre.

–Claro –contestó Christian, y se puso de pie–. A la vista de cómo ha ido la tarde, pensé que nos iría mejor.

–Yo también lo creía –dijo Noelle dando un beso a su hijo antes de levantarse–. Buenas noches, Christian.

Apenada, condujo a su hijo escalera arriba, le hizo ponerse el pijama y le dio su dragón favorito.

–Mamá, no vas a dejar que el príncipe Christian nos obligue a vivir en el palacio, ¿verdad?

–No, si tú no quieres.

Apartó las sábanas para que se metiera en la cama y lo arropó, mientras buscaba la manera de convencer a su hijo de que todo saldría bien.

–Aunque creo que te gustaría el palacio. Tienes unos abuelos, un tío y una tía, y dos primas con las que estoy segura de que te lo pasarías muy bien.

–Solo quiero estar contigo y con la abuela.

¿Qué le pasaba a Marc? Normalmente le gustaba experimentar cosas nuevas.

–¿Sabes que la abuela y yo no vamos a dejarte nunca, verdad?

Marc se sentó y abrazó a su madre con una fuerza inusual.

–No quiero vivir con él.

–¿No te gusta el príncipe?

–No está mal –contestó antes de tumbarse y ponerse a jugar con el dragón–. ¿A ti te gusta?

–Sí, claro.

Noelle presintió que habría más preguntas.

–¿Vas a casarte con él?

A pesar de todo el tiempo que Geoff y ella habían pasado juntos, nunca le había hecho esa pregunta. ¿Por qué pensaba que las cosas eran diferentes con Christian?

–No lo sé.

–¿Tú quieres?

Noelle eligió cuidadosamente las palabras.

–No, si tú no quieres.

Marc se quedó pensativo unos segundos.

–Lo pensaré.

Era lo que solía decirle su abuela cuando le pedía algo fuera de lo normal.

Disimulando una sonrisa, Noelle se inclinó y besó a su hijo en la frente.

–Espero que me des tu contestación por la mañana.

Después de recordarle a su hijo que estaba en la habitación de al lado, Noelle se fue, dejando la puerta abierta para que entrara la luz del pasillo.

Ya en su habitación, se puso su camisón favorito y tomó su cuaderno de bocetos. Últimamente le costaba sacar tiempo para diseñar, ya que los asuntos prácticos de su negocio en crecimiento le robaban muchas horas. Tenía empleados a los que supervisar y una contabilidad que llevar. También tenía que estar pendiente de los pedidos de las telas, del estado de las máquinas, de los gustos de sus clientes y de muchos otros detalles que acaparaban su atención a diario.

Suspiró, se sentó junto a la ventana que daba al patio interior y abrió el cuaderno. Durante un rato permaneció mirando la hoja en blanco, recordando la conversación que acababa de tener con su hijo.

¿Quería casarse con Christian? Siendo sincera, la respuesta era un rotundo sí. Pero se había vuelto más precavida en los últimos cinco años y cada vez pensaba más con la cabeza. Así evitaba cometer errores y acabar sufriendo. Pero si había pensado con la cabeza y no con el corazón, ¿por qué le había dicho a Christian que quería hacer el amor con él esa noche? Se revolvió en su asiento, pero no pudo contener la tensión que sentía en la entrepierna. Con la respiración acelerada, cerró los ojos y sus pensamientos pasaron de una imagen erótica a otra. Un rato más tarde, miró el reloj y se sorprendió al comprobar que había pasado una hora. Siempre perdía la noción del tiempo cuando pensaba en Christian.

Dejó a un lado el cuaderno y se recogió el pelo en un moño antes de ponerse la bata a juego con el camisón. Conocía el camino hasta la habitación de Christian. Noelle recorrió los pasillos de piedra sin apenas hacer ruido. Cuando llegó ante la puerta de Christian, se tomó unos segundos para recomponerse antes de llamar.

Vestido con los pantalones del pijama y con el

ceño fruncido, Christian abrió la puerta como si fuera a lanzar un grito a quien fuera que lo interrumpía. Al instante, su enfado desapareció.

–¡Noelle!

–Siento la reacción de Marc al saber que eras su padre.

Christian la miró de arriba abajo, reparando en la seda de su bata y en sus pies descalzos.

–¿Has venido así vestida para hablar de Marc?

–No –dijo poniendo la mano sobre su cálido pecho desnudo y empujándolo–. Pero pensé que era mejor empezar así que decir que te quiero desnudo y dentro de mí antes de que nos paremos a pensar en lo que estamos haciendo.

Christian dio un paso atrás, permitiéndole la entrada. Luego, tiró del cinturón que cerraba la bata y la atrajo hacia él. Pero antes de que sus labios se encontraran con los de ella, Noelle volvió la cabeza.

–Antes de nada, tenemos que poner reglas –dijo tratando de mantener la calma mientras le quitaba la bata.

Su aliento cálido junto a la oreja la hizo estremecerse.

–Esto solo tiene que ver con el sexo. No quiere decir que haya cambiado de opinión con respecto a lo que es mejor para mi hijo ni que pueda haber algo entre nosotros en el futuro.

–Eres muy mandona para estar medio desnuda.

La bata cayó al suelo y Noelle tragó saliva al sentir sus manos sobre las caderas.

–Solo sexo –repitió con voz ronca.

–¿Esto te parece bien? –preguntó tomando sus pechos entre las manos.

–Sí.

–¿Y esto?

Con una mano le soltó el moño y acarició su melena al caer sobre sus hombros. Luego, le hizo echar hacia atrás la cabeza.

Noelle sintió sus labios en el cuello y contuvo la respiración. Sus latidos se desbocaron.

–Por supuesto que sí.

–Entonces, ¿no me estoy pasando?

Moviéndose con lenta y tortuosa precisión, su mano fue bajando hasta más allá de su vientre.

–Sí.

Sentía que le temblaban las rodillas y apenas pudo pronunciar aquella palabra de una sílaba. Al notar que retiraba la mano, lo sujetó de la muñeca y volvió a ponerla donde estaba.

–Pero dijiste…

–Quise decir que no.

–Ah, entonces, voy a llevarte a la cama ahora.

–Estupendo.

Un segundo después, la tomó en brazos.

Capítulo Ocho

Christian dejó a Noelle en la cama y se echó hacia atrás para contemplarla. Ya la había visto desnuda antes. Había perdido la cuenta de las veces que le había hecho el amor, pero por alguna razón siempre le resultaba fascinante. Deslizó los dedos por el contorno del camisón hasta llegar al tirante y se lo bajó del hombro.

En sus ojos había curiosidad. Una sensación de inquietud se fundió con el deseo que sentía en sus entrañas. ¿Tenía idea de cómo le hacía perder la cabeza aquel pezón rosado que asomaba por el escote de su camisón? Su poder sobre él era pleno. Estaba dispuesto a hacer lo que le pidiera, dedicarse de lleno a darle placer y esperar a disfrutar del suyo hasta que no la dejara agotada.

Su erección creció al verla bajarse los tirantes por los brazos. Luego, deslizó la seda azul por sus caderas hasta sacarse el camisón por los pies. Desnuda ante él, se quedó mirándolo a la espera de que fuera él el que diera el siguiente paso.

—Eres preciosa. Te he echado de menos.

Se pasó las manos temblorosas por el pelo, saboreando el momento. Había esperado cinco años para volver a hacerle el amor y no pensaba precipitarse.

Ella se incorporó y tiró de la cinturilla del pijama de Christian.

–Entonces, ¿por qué tardas tanto?

Se quitó el pantalón del pijama y tomó a Noelle por las muñecas, antes de que pudiera acariciar su erección. Luego, le hizo rodearle por el cuello y tomó sus labios en un ardiente beso.

Juntos se echaron en la cama. Christian cayó de espaldas, con ella encima. Sus manos eran libres para acariciarla como quisiera. Su cuerpo era perfecto. Tenía unos músculos finos y largos, con curvas bien proporcionadas y pequeños y redondeados pechos. A su lado, tenía la altura ideal. Con zapatos de tacón, su frente le llegaba a los labios.

La estaba besando cuando el deseo de colocarse encima lo asaltó. Al rodar, ella se aferró a su pelo, sin parar de reírse mientras la besaba en el cuello. Su espalda se arqueó cuando siguió bajando hasta meterse en la boca uno de sus erectos pezones.

–Christian –susurró sintiendo que sus dedos descendían lentamente hacia el calor de su entrepierna.

–¿Sí, Noelle?

La sangre le hirvió en las venas al sentirla húmeda y dispuesta. Temblando por el esfuerzo de mantener el ritmo lento y sin prisas, acarició sus pliegues y la sintió estremecerse.

–Es una tortura –susurró Noelle.

Sin embargo, por la sonrisa de sus labios no parecía importarle y siguió besándola hasta llegar al otro pecho.

–¿Quieres que pare?

–No.

Sacudió la cabeza y levantó las caderas mientras él bajaba la mano por el interior de su muslo.

–Quiero más.

–¿Más de esto? –preguntó, pasándole la lengua por el pezón–. ¿O prefieres…?

Noelle sacudió la cabeza de un lado a otro mientras él trazaba una línea entre sus muslos. Entonces, le introdujo un par de dedos y acarició aquel rincón sensible como sabía que a ella le gustaba y se quedó observando cómo sus músculos se contraían de placer. A los pocos segundos, Noelle se corrió ante la atenta mirada de Christian, que disfrutó con cada uno de sus gemidos y temblores, sorprendido por la rapidez e intensidad de su orgasmo.

Mientras permanecía tumbada con los ojos cerrados y el pecho subiendo y bajando al ritmo de su respiración agitada, él buscó en la mesilla de noche un preservativo. Cuando se volvió hacia ella, la encontró incorporada sobre un codo, observándolo con ojos brillantes. Su piel pálida estaba sonrosada por la agitación del clímax, y parecía preparada para empezar de nuevo.

Dispuesto a complacerla, Christian se puso el preservativo y volvió a su lado.

–Esta vez, vamos a corrernos a la vez –le prometió, y se colocó entre sus muslos.

Aunque todavía no se había recuperado del orgasmo, estaba deseando sentirlo dentro, así que se abrió de piernas y sintió cómo empujaba. Estaba tensa por el deseo y trató de relajarse, pero no pudo. Cada vez estaba más nerviosa.

–Relájate, no hay prisa.

El tono calmado de Christian la tranquilizó.

Se equivocaba. Necesitaba la urgencia de la pasión. Si se paraba a pensar en lo que estaba haciendo, acabaría cuestionándose si había sido sensato ir a su habitación.

–Lo siento. Es solo que…

Christian había sido su último amante. Llevaba cinco años dedicada a su hijo y a su carrera.

Christian se apartó y se quedó mirándola.

–Tranquila, todo va bien –dijo apartándole el pelo del rostro–. Cuéntame qué pasa.

–Hace tiempo que no lo hago.

Sorprendido, tomó su rostro entre las manos y la obligó a mirarlo a los ojos.

–Entonces, iremos muy despacio.

Fue dándole besos por la mejilla hasta llegar a la comisura de los labios. Noelle echó hacia atrás la cabeza para ofrecerle el cuello, cerró los ojos y se estremeció al sentir sus labios en la piel.

–Acaríciame, ya sabes lo que me gusta.

Sus palabras le hicieron sonreír y ella lo imitó, a la vez que deslizaba las manos por todo su cuerpo.

Entonces la besó con destreza y pasión contenida. Quería que fuera ella la que llevara el ritmo, que se acostumbrara a sentirse amada con sus manos y labios. Casi al momento, sus movimientos se aceleraron y la incertidumbre se desvaneció. Lo abrazó por los hombros y arqueó las caderas para sentir su erección.

–Sabes lo que quiero –susurró, meciéndose contra él.

–¿Estás segura de que estás bien?

–Nunca he estado mejor.

Christian la penetró lentamente y poco a poco sus embestidas se fueron haciendo más profundas. Su cuerpo iba por libre y se expandió para dar la bienvenida a Christian. Cuando sintió que le llenaba completamente, jadeó de placer. Al momento se retiró y juntos encontraron el ritmo.

¿Cómo había podido olvidarse de lo bien que encajaban sus cuerpos? Todos sus movimientos parecían perfectamente coreografiados.

Las rítmicas embestidas de Christian intensificaron su placer, de la misma manera que su respiración agitada y sus dulces palabras al oído llenaron de alegría su corazón. Una vez más, el orgasmo de Noelle estalló rápido e intenso. Estaba tan atento a su reacción, que alcanzó el clímax casi a la vez.

Noelle permaneció tumbada sintiendo su peso encima. Se alegraba de no haberse acordado de aquella maravillosa sensación los últimos cinco años. Había conseguido vivir sin él olvidándose de lo bueno y teniendo presente tan solo lo malo. Pero de nuevo volvía a estar presente en su vida y acababa de recordar lo increíble que era el sexo con él.

En cuanto Christian se tumbó, Noelle se levantó de la cama y recogió el camisón y la bata. Casi había llegado a la puerta cuando Christian le habló.

–¿Te vas? –preguntó incorporándose.

–Creo que es lo mejor.

–Pero todavía no hemos hablado. Antes te gustaba acurrucarte bajo las sábanas después de hacer el amor.

–Si, bueno, es que no quiero que saques una impresión equivocada –dijo tomando el pomo de la puerta.

–¿Qué clase de impresión equivocada?

–Estoy dispuesta a tener sexo contigo –dijo ella, repitiendo las palabras que le había dicho en una ocasión–, pero no a compartir intimidad.

Antes de que él pudiera levantarse de la cama y pedirle explicaciones, salió de la habitación.

A la mañana siguiente, poco después de amanecer, Noelle se despertó en su cama y su primera sensación fue de alivio. Estiró brazos y piernas, deleitándose con las sábanas frías y la tranquilidad de aquellas horas. Por increíble que hubiera sido la noche anterior con Christian, no estaba preparada para compartir su intimidad y despertarse entre sus brazos. Se estremeció ante aquel pensamiento y sonrió al recordar su expresión de asombro al verla levantarse de la cama después de haber tenido el mejor sexo de su vida. Si hubiera sabido cómo le temblaban las piernas, no la habría dejado marcharse y le hubiera vuelto a hacer el amor. Apenas había acabado de soltar un suspiro de satisfacción cuando se abrió la puerta de su habitación y apareció su hijo corriendo. Su pequeño cuerpo aterrizó junto a ella en la cama.

–Buenos días, chiquitín. ¿Has dormido bien?

–He soñado que era un dragón y me comía a todos los de este castillo.

–¿Incluso a mí? –preguntó, haciéndole cosquillas.

Marc se retorció sin parar de reírse.

–No, mamá –dijo cuando recuperó el aliento–. A ti nunca. Pero sí me comía al príncipe Christian.

–A tu padre –lo corrigió–. No sé si está bien comerte a uno de tus padres.

–Claro que sí. No creo que a él le importe.

Noelle decidió cambiar de tema.

–¿Tienes hambre? ¿Qué te apetece desayunar?

–¿Tendrán gofres? –preguntó Marc.

–Puedo pedirle a la cocinera que los preparé –dijo una voz profunda desde el pasillo–. Estoy seguro de que lo hará encantada –añadió al llegar a la puerta.

Christian estaba muy guapo con pantalones caqui y una camisa blanca con las mangas enrolladas que dejaban ver sus fuertes brazos.

–No queremos darle trabajo.

–Estoy seguro de que no le importará –dijo Christian reparando en su pelo revuelto y en sus hombros desnudos.

–Gofres –dijo Marc y tiró de su madre para sacarla de la cama–. Vamos, mamá, levántate. Tengo hambre.

–Voy a pedir que los vayan preparando.

Con Christian en la puerta de su habitación, a Noelle no le apetecía levantarse de la cama y pasearse delante de él en camisón.

–Marc, ¿por qué no te vas a tu habitación y te vistes? Anoche te saqué la ropa. No te olvides de lavarte los dientes.

Su hijo se apresuró a hacer lo que le había pedido, pero aunque Christian se hizo a un lado, no parecía estar dispuesto a marcharse. De hecho, dio un paso hacia el interior de la habitación.

–¿No deberías levantarte tú también? –preguntó Christian.

Noelle decidió no contestarle y salió de la cama. Al sentir el aire fresco de la mañana, se estremeció, y se puso la bata sobre el camisón.

–¿No ibas a pedirle a la cocinera que preparara gofres para Marc?

Quería que se fuera y dejara de mirarla.

–Sí, en cuando vengas aquí y me des un beso.

Ella arrugó la nariz.

–No me he lavado todavía los dientes y no estoy muy presentable.

–¿Crees que me importa? Anda, ven aquí.

Sus músculos se movieron como si tuvieran vida propia, dirigiéndola hacia sus brazos. Mientras se acercaba, su sonrisa la hizo entrar en calor. Un segundo más tarde, sus cálidas manos la tomaron por la cintura y la atrajeron hacia él. Impaciente, se puso de puntillas para unir los labios a los de él. Fue un beso ardiente y breve. El cuerpo de Noelle cobró vida al instante y dejó escapar un gemido junto a la boca de Christian. Tan pronto como el deseo se le disparó, volvió a poner los pies en la tierra. No podía permitir que Marc la viera fundida en un apasionado abrazo con Christian, así que puso fin al beso y se apartó de él, empujándole por los hombros.

–No quiero que Marc…

Inspiró hondo para aclarar las ideas.

–Maldita sea –dijo él apartándose–. Noelle…

–Decías que ibas a ver cómo iba el desayuno –apuntó, satisfecha de que el beso lo hubiera dejado aturdido–. ¿Te acuerdas de los gofres?

–Ah, sí, los gofres –dijo, y enfiló hacia la puerta– Tómate tu tiempo. Mandaré una doncella para que se ocupe de Marc –añadió ya en el pasillo.

Noelle se apoyó en la puerta, tratando de recuperar la fuerza en las piernas y de controlar los latidos desbocados de su corazón. Se rozó los labios con la punta de la lengua y sintió que todavía estaban sensibles de los besos de la noche.

Cerró la puerta de su habitación y se fue al cuarto de baño, dispuesta a disfrutar de una larga ducha. Al verse en el espejo, reparó en que aquel comienzo de día le había dibujado una sonrisa en los labios. El lunes por la mañana no tardaría en llegar y ya entonces se preocuparía de volver a la cruda realidad. Hasta entonces, quería comprobar hasta dónde podía llevarle aquel nuevo comienzo con Christian.

Christian seguía maldiciendo su falta de control con Noelle cuando llegó a la planta baja.

–¿Sería posible unos gofres para desayunar? Y ¿podría ir alguna doncella a ver cómo está Marc?

–Claro, mandaré a Elise –contestó la señora Francas–. Tenéis café y el periódico en el salón.

–Gracias.

Después de haber pasado la noche en vela, Christian estaba deseando tomarse la cafetera entera.

Christian estaba sentado en el sofá, tomando una taza de café mientras leía un artículo, cuando oyó voces bajando la escalera. Una mezcla de nerviosismo y ansiedad lo asaltó. Ese fin de semana podía suponer un paso importante para el resto de su vida. Lo que ocurriera allí influiría en el futuro de la estabilidad de su país y en su esperanza de encontrar la felicidad.

Apartó la idea de que no se merecía a Noelle ni la alegría que aportaba a su vida. Ya la había perdido una vez por su estupidez egoísta y no podía permitir que volviera a pasar.

Estaba dirigiéndose hacia la escalera cuando pasó a su lado su hijo corriendo hacia el comedor en busca de sus tan ansiados gofres. Sonriendo, le ofreció la mano a Noelle mientras bajaba los últimos escalones.

—Buenos días —la saludó en voz baja e íntima—. Estás muy guapa.

Llevaba un vestido azul de manga corta a juego con un bonito colgante. Se había puesto zapatos planos en lugar de sus habituales tacones. Sus ojos marrones brillaban confiados y sus labios mostraban una alegre sonrisa.

—Gracias —replicó, y lo sorprendió tomándolo del brazo—. Ha sido un detalle mandar a Elise para que se ocupara de Marc. He podido ducharme y vestirme sin interrupciones.

Noelle dejó escapar un suspiro y deseó arrinconarla y acariciar sus rizos. Todavía persistían los efectos del beso de aquella mañana y sentía que la sangre le hervía en las venas.

–De nada.

A pesar de las tres tazas de café que se había tomado, se sentía torpe teniéndola a su lado.

–¿Vas a enseñarnos tu bodega? Estoy deseando conocer dónde se hacen los mejores vinos de Sherdana.

–He organizado un recorrido y luego un maridaje de vinos con la comida. La bodega Bracci cuenta con un chef de fama mundial y ha prometido sorprendernos con unos platos.

–Suena maravilloso, pero ¿y Marc?

–Nuestro enólogo tiene hijos de la edad de Marc y están deseando conocerlo. Te aseguro que no se aburrirá.

–Parece que lo tienes todo organizado.

Christian le sonrió, deseando que fuera verdad. Tanto su cabeza como su corazón querían lo mismo, casarse con Noelle y reconocer a su hijo, pero su intuición le decía que lo que hiciera por guardar las apariencias no le haría plenamente feliz. En algunos momentos, cuando ella no se daba cuenta, se quedaba observándola y veía cómo su sonrisa se borraba y el brillo de sus ojos se apagaba. Estaba interpretando un gran papel ante Marc y él, pero Christian se daba cuenta de que tenía dudas.

Después del desayuno, Christian estuvo una hora jugando con Marc a la pelota en el patio ante la mirada de Noelle. El niño sentía pasión por el béisbol y había llevado con él su bate y su gorra.

En el trayecto de ocho kilómetros hasta la bodega, Marc no paró de comentar jugadas desde el asiento trasero del Maserati azul que Christian tenía en el castillo. Como hacía un cálido día de otoño, bajó la capota y repartió su atención entre la carretera secundaria y el perfil de Noelle.

—Qué día tan bonito —dijo ella alargando el brazo por encima del respaldo para acariciarle el pelo—. ¿Eso también lo tenías planeado?

Algo en su tono de voz le hizo pensar que se estaba burlando de él.

—Lo he pedido especialmente para ti —replicó, y le besó la palma de la mano—. Quiero que tengas todo lo mejor.

Noelle retiró la mano y la cerró en un puño, como queriendo capturar el beso.

—Me alegro de oírlo.

—No me crees.

No era una pregunta, sino una acusación.

Desde el asiento de atrás, Marc intervino.

—Cuando lleguemos a la bodega, ¿podré pisar uvas?

Christian se animó ante la perspectiva de tener otra oportunidad de ganarse a su hijo.

—Claro.

Aunque quedaba todavía una semana para la vendimia, seguramente podrían recoger unas uvas y dejar que Marc y otros niños tomaran parte del ritual.

—No —dijo Noelle, negando con la cabeza.

—Por favor, mamá.

—Creo que a tu madre le preocupa que acabes con los pies morados.

—¿De verdad? ¡Qué chulo!

Le dirigió una mirada triunfal a Noelle, aunque

se sintió algo intimidado por su entrecejo frunci-do. Estaba dispuesto a hacer todo lo que fuera ne-cesario para ganarse el cariño de su hijo, aunque tuviera que ponerse de vez en cuando en contra de su madre.

–Christian, no creo que sea una buena idea.

–Será divertido. Así podré contárselo a mis ami-gos y darles envidia.

–¿Y acabar con los pies del color del vino? –dijo Noelle sacudiendo la cabeza–. Está bien, puedes pisar uvas.

Mientras Marc gritaba entusiasmado en el asien-to de atrás, Christian se acercó y le dio las gracias a Noelle. Su expresión se dulcificó con una sonrisa y puso la mano encima de la de él.

Marc ya se había desabrochado el cinturón y se preparó para saltar del coche en cuando su madre se bajara y echara hacia delante el asiento. Nada más salir, se dirigió corriendo por el prado hacia la puerta de la sala de catas. Noelle lo llamó, pero el pequeño estaba demasiado entusiasmado como para atender. Cuando Christian y ella llegaron al edificio, el niño había desaparecido en su interior.

–Me encanta su entusiasmo –comentó Chris-tian, sujetándole la puerta a Noelle para que en-trara–. Todo le parece una aventura. Has hecho un buen trabajo criándolo.

–Gracias, pero ese trabajo aún no ha terminado –dijo y tomó el brazo de Christian, deteniéndose junto a la puerta–. Sé que no he hecho mucho para mejorar tu relación con Marc, pero quiero que se-pas que viéndote con él me he dado cuenta de lo importante que es que estéis unidos. Independientemente de lo que pase entre nosotros, quiero que Marc y tú estéis juntos todo el tiempo posible.

—Te lo agradezco.

Aunque no le gustaba que siguiera dudando de si tenían un futuro como familia.

—Mamá, ¿es aquí donde hay que pisar las uvas? —preguntó Marc tirando de su mano—. ¿Puedo hacerlo ahora?

Christian rio.

—Déjame hablar con Louis para que lo prepare —le dijo a su hijo—. ¿Por qué no le pides a Daphne zumo de uva recién hecho? —añadió, señalando a una joven rubia que estaba detrás de la barra.

Mientras Marc corría hacia la barra y se subía en un taburete, Christian se volvió hacia Noelle.

—Dame un par de minutos para que deje todo arreglado. Luego iremos a dar una vuelta.

Capítulo Nueve

Noelle esperó a que Christian desapareciera por una puerta al fondo de la sala de catas para unirse a su hijo. Aunque no había probado gota de vino, parecía estar sufriendo los efectos de una intoxicación. Claro que no podía evitar sentirse mareada cada vez que Christian desplegaba sus encantos.

Noelle suspiró. A la vista de que el recelo de Marc hacia su padre parecía estar desapareciendo, se cuestionó su decisión de no decirle que estaba embarazada.

La noche anterior había ido a la habitación de Christian movida no solo por el deseo, sino por la intención de demostrarle a él y a sí misma que podía entregarse a la pasión sin poner en riesgo su corazón. Con su marcha precipitada había querido darle a entender que esta vez se guiaba por la cabeza y no por los sentimientos.

Pero tampoco le hacía feliz contener las emociones. Tenía que encontrar un término medio entre darlo todo y no dar lo suficiente.

Ante la insistencia de Marc, se sentó a su lado y probó el zumo de uva. El niño le dedicó una amplia sonrisa antes de seguir contándole a Daphne todo sobre la armadura que había visto en el castillo. Noelle le acarició el pelo y pensó en cuánto le recordaba a Christian.

Como si lo hubiera llamado con sus pensamientos, apareció a su lado.

–¿Lista para hacer el recorrido? El hijo de Louis va a llevarse a Marc con los otros niños. Estará un rato jugando y luego comerán. Después, Louis va a organizar un concurso para ver quién pisa más uvas.

–¡Yo! –exclamó Marc, saltando de su taburete con los puños en alto.

Noelle rio ante su entusiasmo.

–Bueno, al menos energía tienes.

Volvió a revolverle el pelo y después lo vio correr detrás de un chico mayor que le hizo una seña para que lo siguiera.

Media hora más tarde, Christian y ella regresaron del recorrido por la bodega. Estaba deseando probar aquellos vinos.

–No volveré a subestimar el vino –dijo, antes de darle las gracias al guía.

–Me alegro de oírlo.

Louis era un hombre apuesto de cuarenta y pocos años, con el pelo cano y los ojos azules. Tenía una sonrisa amable y un montón de historias de la gente con la que había trabajado en los veinticinco años que llevaba haciendo vino.

–Quiero que me diga después de comer qué le parecen nuestros vinos.

–Me temo que no tengo un paladar tan experimentado como el del príncipe Christian, pero le daré mi impresión.

–Eso es lo que necesito. La veré en la pisada de la uva.

Christian la condujo por el camino serpenteante del jardín hasta la parte posterior de la sala de cata y atravesaron unas puertas acristaladas que daban a un comedor privado. En el centro de la estancia, había una mesa dispuesta para dos. Dos camareros, vestidos de blanco y negro, les dieron la bienvenida con una sonrisa.

Una vez que Christian la ayudó a sentarse, él hizo lo propio y los camareros les sirvieron el primer vino. Noelle se dejó llevar por la profunda voz de Christian mientras le describía el vino y le explicaba la comida que iban a degustar. Un plato siguió a otro y con cada uno se sirvió un vino diferente. A pesar de que no eran grandes porciones, Noelle se sintió llena con tantas exquisiteces, antes de que llegaran los postres.

–El chef Cheval es un genio, pero no creo que pueda comer otro bocado más.

Nada más decir aquello, le sirvieron una pequeña cesta de chocolate rellena de mousse y adornada con una frambuesa. ¿Cómo privarse del postre?

–Quizá pruebe un bocado –añadió.

Noelle no se percató de la intensa mirada de Christian hasta que dejó el plato limpio y soltó la cuchara. Ladeó la cabeza, pero no tuvo oportunidad de preguntarle qué estaba mirando. Un hombre bajo y gordo vestido de cocinero apareció.

–¡Príncipe Christian! –exclamó el hombre con voz de barítono–. Qué honor teneros de vuelta.

–Chef Cheval, le presento a Noelle Dubone.

–Ha sido la comida más deliciosa que he tomado jamás. Muchas gracias.

El chef la saludó con una inclinación de cabeza.

–Me alegro de que le haya gustado. El príncipe Christian me dijo que le preparara lo mejor.

–¿Ah, sí? –dijo preguntándose cuántas mujeres más habrían disfrutado de aquel trato–. Bueno, gracias a los dos, mi visita está siendo memorable.

–¿Volverá? Me gustan las mujeres que disfrutan comiendo.

Noelle rio.

–Por supuesto. Me gustan los hombres que cocinan con tanta pasión.

Empezaba a hacerse a la idea de formar parte de la vida de Christian.

–Estupendo –dijo el chef, y le guiñó un ojo a Christian antes de marcharse.

Los camareros retiraron los platos de postre, y llenaron las copas de agua y vino antes de marcharse. Noelle olió el vino.

–¿Has dicho en serio lo de volver?

–Sí, ¿por qué?

–No pensaba hablar del futuro durante el fin de semana, pero después de lo de anoche, creo que tengo derecho a preguntarte cuáles son tus intenciones.

–¿Mis intenciones? –preguntó sorprendida–. ¿Desde cuándo le pregunta un hombre a una mujer por sus intenciones?

–Desde que el hombre ha dejado claro su deseo de casarse con la mujer, y ella aparece en su dormitorio para seducirlo y le deja con la sensación de ser un mero entretenimiento.

Noelle apretó los labios para ocultar una sonrisa, pero no pudo disimular el brillo divertido de sus ojos.

–No pretendía aprovecharme de ti. Respecto a mis intenciones, pienso continuar explorando la química que hay entre nosotros para ver dónde acaba todo.

Para su sorpresa, Christian se enderezó en su asiento y se cruzó de brazos.

–Eso no contesta a mi pregunta.

–¿Ah, no?

–Hablo en serio. Esto no es una aventura casual que tomarse a la ligera.

–Porque tu familia te está presionando para que te cases y aportes un heredero –replicó Noelle, poniéndose seria al recordar el motivo por el que Marc y ella estaban pasando allí el fin de semana–. No pienso decidir el resto de mi vida ni de la de mi hijo en unos días, por maravillosos que estos hayan sido. Tengo que pensar en lo que es mejor para él.

–¿Y todavía crees que no soy yo?

–No es por ti, es por la responsabilidad que tendrá que asumir un día. Una vez me contaste cómo había cambiado Gabriel cuando se dio cuenta de que estaba destinado a convertirse en rey. No sé si quiero eso para Marc.

Christian alargó el brazo y tomó su mano.

–Mi padre tiene buena salud y Gabriel todavía es joven. Marc estará más que preparado cuando le llegue el turno de reinar.

Noelle agradecía el comentario de Christian, pero le costaba hacerse a la idea.

–Me gustaría que fuera mayor para poder tomar esta decisión conmigo.

Marc apareció por la puerta, despeinado.

–Mamá, vamos a pisar uvas. Ven.

Sin esperarla, salió corriendo del comedor.

Riendo, Noelle se puso de pie.

–Ya has oído a tu hijo –dijo tirando de la mano de Christian–. Vamos.

–No hay ninguna duda de que se comporta como un futuro monarca –comentó Christian sonriendo.

Dejó la servilleta en la mesa y se puso de pie.

–No querrás decir que es un tirano, ¿verdad?

–La vena mandona le debe de venir por parte de madre –bromeó tomándola de la cintura, mientras se dirigían a las puertas correderas–. Y esa cualidad me resulta muy excitante.

La rodeó con sus brazos y la besó. Noelle se estrechó contra él. Admiraba su capacidad de convertir un comentario jocoso en un cumplido sincero. Aun sabiendo que podían ser pillados, Noelle introdujo la lengua en su boca para disfrutar del sabor a chocolate y vino de sus labios.

–Anulas mi fuerza de voluntad –dijo apartándola a la distancia de un brazo–. Primero lo de esta mañana y ahora…

–Mamá, ¿vienes?

La voz de Marc llegaba desde el patio.

–Como sigamos tardando, mi hijo no me lo perdonará nunca.

De la mano, rodearon el edificio y se unieron a un grupo de empleados y niños. Aunque hasta la semana siguiente no empezaba oficialmente la vendimia, había uvas suficientes para llenar tres barricas y que los niños las pisaran.

Además de Marc, el hijo pequeño de Louis y la hija del director del viñedo estaban descalzos y dispuestos para empezar. Las medias barricas estaban sobre una plataforma. Debajo se habían colocado unos recipientes para recoger el zumo. Los niños tenía que machacar las uvas con los pies y el primero que llenara cierta cantidad de líquido sería el ganador. Viendo la determinación de su hijo, sabía que pondría todo de su parte.

–Tiene un espíritu muy competitivo –murmuró Christian junto a su oído un segundo antes de que la esposa de Louis indicara el comienzo del concurso.

Noelle se apoyó en el brazo de Christian, que la rodeaba por la cintura.

–Sí, y a veces es un problema.

Observando a su hijo, Noelle se dio cuenta de que aunque para ella seguía siendo su niño al que quería proteger de todo peligro, Marc era más fuerte de lo que estaba dispuesta a admitir. No llevaría mal la atención de la prensa ni se vería envuelto en situaciones incómodas con la familia de Christian. No asumiría la carga de reinar hasta que no estuviera preparado.

A su lado, Christian aplaudió cuando Marc consiguió la cantidad de zumo requerida. Después de darle un beso en la mejilla, se acercó entusiasmado a la plataforma y sacó a su hijo de la barrica. Noelle hizo una mueca al ver cómo las gotas del zumo morado de los pies de su hijo manchaban los pantalones caqui de Christian. Sin importarle que echara a perder su ropa, Christian colocó a Marc en su cadera y ambos agitaron el puño en el aire.

Noelle sintió una cierta tristeza. Ella lo había sido todo para Marc y, en breve, su padre acapararía su atención. No pudo contener el pánico. Había construido una vida cómoda y segura para Marc y para ella, y en el horizonte se avecinaban cambios.

La esposa de Louis se acercó a su lado.

–Intenta sacar las manchas con zumo de limón.

–¿Funciona?

–No le irá mal –contestó la mujer sonriendo.

Mientras Noelle charlaba con la esposa de Louis, Christian le limpió los pies a Marc y le ayudó a ponerse los calcetines y los zapatos. De la mano, volvieron junto a ella.

–¿Has visto cuántas uvas he pisado? –dijo dando saltos, y levantando la botella con el zumo.

–Sí, lo he visto.

Reparó en que Marc no había soltado la mano de Christian y sintió un nudo en el pecho.

–Eres el mejor pisador de uvas de Sherdana.

–Desde luego que lo es –intervino Christian mirando a Marc–. ¿Estás listo para volver al castillo?

–Creo que son demasiadas emociones por un día. Además, alguien tiene que darse un baño –añadió Noelle mirando los pies de su hijo.

–No, mamá. Quiero enseñarles los pies a todos en el colegio para que vean que he estado pisando uvas.

–No hace falta que les enseñes los pies. Puedes contárselo.

Para su sorpresa, Marc no siguió discutiendo. En vez de eso, se despidió de sus nuevos amigos con la mano y corrió delante de sus padres hacia donde el coche estaba aparcado.

En el camino de vuelta, la charla excitada de Marc dio paso al silencio. Christian volvió la cabeza.

–Está dormido. No me sorprende.

Noelle sintió ganas de bostezar. La tranquilidad del campo y el delicioso y abundante almuerzo le estaban dando sueño.

–Creo que el baño tendrá que esperar.

–A mí me vendría bien una siesta –dijo Christian–. Anoche no dormí demasiado.

Noelle ignoró la mirada penetrante que le lanzó.

–Qué extraño. Te metiste en la cama antes de las once.

–Sí, pero tuve una noche ajetreada, aunque no sé por qué terminó tan precipitadamente.

–Quizá porque no sería conveniente que ese ajetreo se hiciera de dominio público.

–¿Por qué no, si es solo una cuestión de tiempo que nuestra relación se haga oficial?

–Pareces muy seguro de cómo va a acabar todo.

–Más que seguro, estoy decidido a que así sea. Ahora que Marc se va acostumbrando a mí, espero poder pasar más tiempo con él. Lo que quiere decir que me verás con más frecuencia. No puedes resistirte de por vida.

136

Noelle suspiró. Lo cierto era que no podía re-sistirse a él.

Christian se puso un traje gris oscuro y se es-tiró la corbata azul. El espejo del vestidor de su apartamento de Carone le devolvió la imagen de un aristócrata serio, de rasgos cincelados y mirada cautelosa. No era el rostro de un hombre a punto de proponerle matrimonio a la madre de su hijo.

Habían transcurrido cinco días desde que ha-bían vuelto del castillo, y Christian había pasado todas las noches con Noelle y Marc. Habían cena-do en la granja, en el palacio y en el restaurante que servía hamburguesas americanas. Esa noche, lo había organizado todo para cenar con Noelle en un yate privado, durante un romántico crucero por el río. Durante la cena, tenía pensado pedirle oficialmente matrimonio. En su mesilla de noche tenía un anillo de diamantes.

Mientras el chófer atravesaba las calles de Ca-rone para salir de la ciudad, Christian reparó en que no le había dado a Noelle el tiempo que ha-bía pedido para decidir el futuro que quería para Marc y ella.

Quería despertarse con Noelle y desayunar con Marc, jugar por las tardes a la pelota con su hijo y leerle un cuento antes de pasar la noche hacién-dole el amor a su madre. Un casto beso de buenas noches a las ocho de la tarde no le satisfacía.

Cuando el coche se detuvo ante la casa de Noelle, Christian no esperó a que el conductor le abriera la puerta. Estaba impaciente por verla y que la noche empezara. La puerta se abrió antes de que llamara y se encontró a un sonriente Marc en el vestíbulo.

–¡Mamá! –gritó, echándose a correr por la casa–. El príncipe papá está aquí.

La fusión de sus dos títulos le resultó divertida, aunque confiaba en que el primero de ellos fuera desapareciendo con el tiempo.

–Marc, estoy aquí –dijo su madre, saliendo del salón–. No tienes por qué gritar.

Christian entró en la casa y cerró la puerta. Estaban corriendo rumores de que se estaba viendo con Noelle y no quería que ningún teleobjetivo captara el beso que estaba a punto de darle.

Se había puesto un vestido de seda de estilo retro, con un abrigo de manga larga a juego. Era más corto de lo habitual y dejaba ver sus esculturales piernas. Llevaba el pelo recogido en un moño alto y no veía el momento de soltárselo. Unas sencillas perlas adornaban sus orejas, así como su cuello. Le dio la bienvenida con una sonrisa y se fundieron en un abrazo.

Su aroma femenino lo embriagó al tomar sus labios en un tierno beso. Apenas podía contener su libido. Aquel no era el lugar ni el momento de enseñarle que estaba a punto de volverse loco tras cinco días de abstinencia. Tenía toda la noche para demostrarle que había caído bajo su hechizo.

–¿Nos vamos? –le preguntó junto al oído–. Tengo toda la noche planeada.

Noelle se apartó y se quedó mirándolo alarmada.

–No puedo estar fuera toda la noche. Marc se levanta pronto y querrá que esté.

–Te dejaré de vuelta antes de que los gallos empiecen a cantar.

Aunque podía parecer una forma de hablar, lo cierto era que Noelle tenía un gallinero.

–Gracias.

Christian la tomó de la mano mientras el coche avanzaba por Carone hasta donde el barco estaba atracado. Llevaba preparado un discurso. Se lo había aprendido de memoria, pero de repente sentía que la lengua se le trababa.

Después de subir al yate, Christian la llevó hasta el salón. El cálido mes de septiembre les permitiría disfrutar de una cena romántica en cubierta, desde donde podrían contemplar los reflejos en el agua de las luces de la ciudad. Pero eso sería más tarde. Antes, tenía que hacer algo.

En la barra, había una botella de champán enfriándose en un cubo de plata, con dos copas al lado. Christian había pedido que los dejaran a solas durante el recorrido, salvo cuando les sirvieran la cena. No quería tener público esa noche. Sirvió el champán en las copas y le entregó una a Noelle. Por suerte, no le temblaban las manos.

–Por nosotros –dijo uniendo las copas en un brindis.

Su voz sonó torpe y se atragantó al dar un sorbo. Sintió que las burbujas le quemaban en la garganta y tosió.

Noelle lo miró por encima del borde de su copa y carraspeó.

–Creo que deberíamos casarnos.

Una lancha pasó veloz junto al yate, ahogando sus palabras. No muy seguro de haberla oído bien, Christian permaneció atento a su expresión.

–¿Has dicho que debemos casarnos?

El ruido de la lancha sonaba distante, pero Christian seguía oyéndolo.

–¿Por qué te sorprendes tanto? Pensé que eso era lo que querías. ¿Acaso has cambiado de opinión?

–No. Es solo que me has pillado por sorpresa.

Le resultaba frustrante explicarle que había organizado aquella velada con la única intención de proponerle matrimonio.

–Te dije que necesitaba tiempo para pensarlo –dijo mirando la costa–. Después de verte esta semana con Marc, me he dado cuenta de lo mucho que echa de menos tener a su padre.

–Así que es por Marc y por mí.

Se había hecho ilusiones de encontrar la misma felicidad conyugal y familiar que tenían Gabriel y Olivia.

–Bueno, sí. ¿No es eso lo que querías desde el principio, convertirte en el padre de Marc y reconocerlo como tu heredero?

A la vista de su evidente confusión, no se había dado cuenta de que sus sentimientos hacia ella se habían intensificado en las últimas dos semanas.

Pero ya no tenía sentido contárselo. Estaba decidida a casarse con él. Harían un buen equipo y el sexo entre ellos sería fantástico. ¿Por qué estropearlo todo con declaraciones sentimentales de amor romántico?

–Es exactamente lo que quería –dijo Christian.

Luego, sacó un pequeño estuche del bolsillo y lo abrió para que viera el anillo.

–Tenía esto preparado para cuando me dijeras que sí.

Christian prefería que no supiera que había planeado una noche especial. Le tomó la mano izquierda y le puso el anillo en el dedo. A pesar de lo ansioso que había estado todo el día por entregarle aquella muestra de su compromiso, se había quedado con una sensación de vacío por cómo había surgido todo.

–Es precioso –susurró Noelle y, poniéndose de puntillas, le dio un beso.

Parecía más emocionada que cuando le había dicho que debían casarse.

Por primera vez, el deseo no lo consumió al rozar sus labios. Sabía al champán que estaba tomando y sonrió para sus adentros ante la amargura de su decepción. Christian metió la lengua en su boca y saboreó su rendición. Se sentía un estúpido. Al menos era suya; eso era todo lo que importaba.

–Deberíamos decírselo a mi familia mañana –dijo, besándola en la frente.

Luego se apartó y le dedicó la mejor de sus sonrisas.

–Antes a Marc –replicó ella–. ¿Puedes venir por la mañana?

–Claro.

Se llevaron el champán fuera y se sentaron en la mesa. Alrededor de ellos se habían colocado luces blancas para crear una atmósfera romántica. Los camareros les llevaron el primer plato y ninguno de los dos volvió a mencionar sus planes de futuro hasta que volvieron a estar a solas.

—El momento es perfecto —dijo Christian—. Ariana volvió de París ayer, y Nic y Brooke no se irán a Los Ángeles hasta finales de semana. Podemos darle la noticia a toda la familia a la vez.

—Eso es maravilloso. ¿Has pensado cuándo quieres que sea la boda?

—Podemos casarnos en secreto en Ítaca, como hicieron Gabriel y Olivia.

Noelle sacudió la cabeza.

—No creo que a tu madre le parezca bien. Quizá podríamos celebrar una boda navideña.

No le gustaba la idea de esperar tres meses para hacerla su esposa, pero teniendo tan recientes las bodas de sus hermanos, sabía que organizar un enlace real requería su tiempo.

—Como quieras.

—¿No te interesan los detalles?

—Teniéndote a ti, a Olivia y a mi madre, no creo que cuente mucho mi opinión.

—Te prometo que te dejaré opinar si me cuentas cómo te has imaginado siempre tu boda.

—Nunca había pensado en casarme.

Christian no veía motivo para ocultarle la verdad. Al ver su sonrisa apagada, se sintió obligado a animarla.

—Tuve que encontrar a la mujer perfecta para cambiar de opinión —añadió.

—Y las circunstancias perfectas.

Christian quiso rebatirla, convencerla de que

tenía otras razones para casarse con ella además de para reconocer a Marc y asegurar el trono. Nunca creería lo que había hecho por su bien o que sus intenciones habían sido nobles y no egoístas.

Así que en vez de provocar un conflicto, hizo lo que cualquier hombre en su sano juicio haría. Mandó la cena al infierno, la tomó en brazos y la llevó hasta el camarote principal.

Noelle rodó sobre un costado para observar la espalda musculosa de Christian y su trasero redondeado, mientras atravesaba el camarote para abrir la ventana y dejar que entrara aire fresco.

–La tripulación se estará preguntando qué nos ha pasado –dijo Noelle con una sonrisa traviesa en los labios mientras él volvía a su lado.

Desde el último pelo hasta la punta de los pies, aquel hombre era suyo. Aquel pensamiento la hizo sentirse feliz.

–¿Crees que nos habrán oído y que sabrán lo que hemos estado haciendo?

Sintió una bocanada de aire fresco y se le puso la piel de gallina. Debería sentirse avergonzada de que sus apasionados jadeos se hubieran oído. Sin embargo, sonrió.

–Lástima que no abriéramos la ventana antes. Así, nos hubiera oído más gente.

Christian volvió a tumbarse en la cama y la abrazó.

–Siempre podemos repetir.

Riendo, Noelle se acurrucó contra él y apoyó la cabeza en su pecho. Christian dibujó círculos en su cadera mientras permanecían tumbados en silencio.

Era difícil tener tan cerca un ejemplar masculino tan perfecto y no dedicarse a explorarlo. Lo miró a la cara y reparó en que tenía los ojos cerrados. Aquello le dio la oportunidad de estudiar el lado derecho de su torso, donde tenía las peores cicatrices. Suavemente, las acarició y, al ver que se estremecía, apartó la mano.

–¿Te duele?

–No, es solo que son unas cicatrices desagradables.

Se quedó mirando el techo. Parecía disgustado.

Noelle dudaba de que hubiera alguien que conociera aquel lado oscuro de Christian. En público, se mostraba seguro y confiado, y sabía que le requería un gran esfuerzo. Solo con aquellos en los que confiaba bajaba la guardia. Noelle siempre se había sentido feliz de poder transmitirle toda la energía que había podido.

–Conseguiste que rescataran a Talia después de que Andre perdiera el control del coche –le recordó.

–¿Sabes lo que ocurrió de verdad? –preguntó, y sus músculos se tensaron–. Nunca se hizo público.

–Se te olvida que pasé mucho tiempo con Olivia en los días previos a su boda. Por alguna razón, quería sorprenderme con lo valiente que fuiste.

Noelle sospechaba que la princesa hacía tiempo que sabía que Marc era hijo de Christian. Lo besó en el hombro y sintió que se estremecía.

–No entiendo por qué ocultaste la verdad sobre el accidente. Fuiste un héroe.

Él sacudió la cabeza.

—Me siento culpable. Si no hubiera estado persiguiendo el coche de Andre, no habría sido tan imprudente conduciendo y no habría perdido el control del coche.

Había salido detrás de Talia, su exnovia, dejando a Noelle sola en una fiesta. Esa noche, mientras se preparaba para la fiesta y se ponía el brazalete que Christian le había regalado por su cumpleaños, se había sentido nerviosa ante su primera aparición pública. Después de aquella noche, había tenido que pasar mucho tiempo hasta que había vuelto a ser feliz.

Noelle no sabía por qué había elegido la noche de su compromiso para hablar del pasado. Quizá su subconsciente quería recordarle que Christian tenía mucho poder sobre su felicidad. Aquel iba a ser un matrimonio construido sobre el respeto y la pasión. Amistad y sexo. No había razón para entregar su corazón y correr el riesgo de volver a sufrir de nuevo.

Los largos dedos de Christian acariciaron su pelo y la atrajeron hacia un largo y ardiente beso. Noelle sintió que se derretía. Le ardía la sangre en las venas y sonrió. Podía entregarle su cuerpo sin reservas.

Sería su esposa, su princesa y la madre de sus hijos, y esperaba que fuera suficiente.

Capítulo Diez

Noelle estaba sentada en el sofá de su despacho, sobre sus piernas recogidas, dando golpecitos con el lápiz en el cuaderno de bocetos. El enorme diamante de su mano izquierda se le hacía raro. Lo había mirado más de una docena de veces en la última media hora, mientras su cabeza trataba de asimilar los cambios que se habían producido. Estaba comprometida con el príncipe de sus sueños.

Claro que no era un compromiso de cuento de hadas. La noche anterior, había sido ella la que había sugerido que se casaran. Se había limitado a formalizar lo que Christian ya le había propuesto, pero tampoco se lo había pedido de rodillas ni le había declarado su amor eterno.

Dio la vuelta al diamante para no verlo y poder concentrarse en sus dibujos, pero fue en vano. En dos horas, Christian le daría la noticia a su familia. Ella ya se lo había contado a su madre, pero Marc todavía no lo sabía. Se había despertado antes de que amaneciera con un fuerte dolor de tripa y no lo había llevado al colegio. No le parecía que estando enfermo fuera el momento adecuado de darle la noticia de que iba a casarse con Christian.

El teléfono le vibró, y Noelle suspiró, dejando a un lado el trabajo. El número que vio en la pantalla hizo que el pulso se le acelerara. Se irguió en su asiento y se puso los zapatos.

–Aquí Noelle Dubone –dijo con voz animada, preguntándose si serían buenas o malas noticias lo que estaba a punto de escuchar.

–Noelle, soy Victor. Espero pillarte en buen momento.

–Sí, dime. ¿Cómo estás? –preguntó, tratando de mantener la voz calmada a pesar del nerviosismo que sentía.

–Bien, muy bien. Te llamo para contarte que acabo de hablar con Jim Shae. Está muy interesado en asociarse contigo para crear una línea de vestidos de novia aquí en Estados Unidos.

Victor Chamberlain era un amigo de Geoff al que había conocido hacía unos años en Londres. Era un empresario americano cuya hija, en busca de algo diferente y original para su vestido de novia, se había convertido en la primera gran clienta de Noelle. Durante la última Semana de la Moda de Nueva York le había presentado a algunos inversores y le había sugerido que ampliara el negocio con vestidos ya confeccionados, listos para llevar.

Diseñar vestidos a medida era muy diferente a producir una colección en serie, así que había desarrollado junto a Victor un plan de negocios que presentar a los inversores.

–Qué noticia tan maravillosa.

¿En qué estaba pensando? Estaba comprometida con un príncipe y tenía que empezar a organizar la boda para poder casarse en Navidad. Bastante difícil iba a ser poder atender a sus clientas actuales. No tenía tiempo para empezar una nueva línea de negocio.

—¿Puedes venir a Nueva York la próxima semana? Jim quiere reunirse contigo y tratar algunos detalles.

Noelle se mordió el labio mientras revisaba su agenda.

—¿Cuántos días tendría que quedarme?

—Al menos tres. Además de con Jim, voy a organizar otras reuniones con algunas tiendas y entrevistas con la prensa. Deberías empezar a organizar la Semana de la Moda de Nueva York, de febrero. Sé de alguien que puede ayudarte.

—Tres días…

Su cabeza empezó a trabajar a toda velocidad. Quizás podía posponer el anuncio de su compromiso hasta después de su viaje a Nueva York. No tenía ninguna duda de que quería embarcarse en aquella aventura empresarial. ¿Sería acertado dividir su tiempo entre Sherdana y Nueva York al principio de su matrimonio? ¿Le pediría Christian que dejara sus viajes de negocios?

—En cuanto lo sepas, dime cuándo llegarás.

—Haré los preparativos y te llamaré más tarde.

Antes de nada, tenía que contarle a Christian lo que había pasado. Pero antes de marcar su número, dudó. Se tocó el anillo. Una vez se supiera, tenía que seguir adelante con la boda. Romper el compromiso provocaría un gran escándalo en el país, además de dar un mal ejemplo a Marc.

Noelle se debatía en medio de un conflicto. Christian se merecía ser padre a tiempo completo de Marc y la única manera de conseguirlo era que ella siguiera adelante con el compromiso y se casara con Christian. Marc se beneficiaría, y también Christian y el país. Marcó su número de teléfono y esperó a que contestara.

—Noelle, justamente estaba pensando en ti.

Al oír su cálida voz al otro lado del aparato, sus dudas se disiparon. Por supuesto que quería casarse con Christian. Ningún otro hombre la hacía sentirse tan viva con tan solo pronunciar su nombre.

—Yo también estaba pensando en ti.

—Estoy a punto de entrar en una videoconferencia. ¿Qué tal está Marc?

De repente, Noelle no pudo encontrar las palabras para compartir sus dudas y preocupaciones.

—Mejor. Te llamaba para invitarte a cenar en mi casa esta noche.

—Muy bien. Si crees que Marc ya estará bien, podemos decirle lo de nuestro compromiso.

—Eso era lo que pensaba. Cuanto antes, mejor.

También le contaría lo de su nuevo proyecto empresarial. Juntos pensarían la mejor manera de proceder.

—Voy a estar entrando y saliendo de reuniones hasta la hora en que habíamos quedado para que te recogiera e ir a ver a mi familia. No quiero llegar tarde, así que voy a mandar un coche para que te recoja.

—No hace falta. Ya he estado otras veces en el palacio. Me las arreglaré.

—Pero quiero hacerlo. Ya no vas ni como diseñadora ni como invitada.

–Muy bien, pero no me dejes a solas con tu familia.

–No temas, te veré a las tres.

Noelle colgó y dejó el teléfono en su regazo, dispuesta a hacer lo que debía.

Christian se quedó mirando la retención de tráfico que tenía por delante y que le haría faltar a la promesa que le había hecho a Noelle dos horas antes. Con la economía de Sherdana recuperándose, Christian había decidido hacer sus inversiones más cerca de casa. De esa manera, no tendría que viajar tanto, por lo que dispondría de más tiempo para estar con Noelle y Marc. Su prioridad era su familia. Tamborileó con los dedos en el volante, a la espera de que los coches que tenía delante se pusieran en marcha. Su impaciencia no se debía solo al tráfico. Estaba deseando ver a Noelle.

Cuando Christian llegó al salón privado del palacio, Noelle ya estaba allí con sus padres, Nic, Brooke y Ariana. De pie junto a su hermana, Noelle estaba impresionante con un abrigo rosa claro bordado sobre un vestido marfil. Antes de acercarse a ella, fue a saludar a sus padres.

–Llegas tarde –le reprendió el rey.

–El tráfico –explicó Christian–. De todas formas, Gabriel y Olivia no han llegado todavía.

La reina le ofreció su mejilla para que la besara.

–Será mejor que nos traigas buenas noticias.

–Las mejores –replicó con una sonrisa confiada.

Con las obligaciones satisfechas, se dirigió hacia

Noelle. Una vez a su lado, Gabriel y Olivia entraron de la mano en la habitación. Sus sonrisas y la felicidad que irradiaban llamaron la atención de todos. ¿Habría entre Noelle y ella esa clase de conexión?

—Tenemos noticias maravillosas —comenzó Gabriel con ilusión pueril—. Vamos a ser padres.

Por un momento, la habitación se quedó en silencio mientras todos asimilaban la noticia. Olivia se había sometido a una histerectomía cuatro meses atrás, quedando incapacitada para tener hijos.

—Los médicos me extrajeron óvulos antes de la operación y han podido inseminarlos. Encontramos una madre de subrogación y venimos de la primera cita con el médico. Todo parece ir bien —dijo Olivia, y le dedicó una sonrisa radiante a Gabriel.

Él le dio un beso y luego se volvió hacia los demás.

—¡Y parece que son gemelos!

Ariana corrió hasta Olivia y le dio un abrazo a su cuñada. Nic y Brooke se acercaron a continuación. Aunque Christian se alegraba por su hermano, se había quedado paralizado. Miró a Noelle para ver su reacción. Estaba observando a la feliz pareja con ojos húmedos. Christian sintió un nudo en la garganta y solo fue capaz de quedarse mirando fijamente, con la mente en blanco, mientras sus padres felicitaban a su hijo y a su nuera.

Noelle le dio un codazo en las costillas.

—Ve a darles la enhorabuena. Es una noticia maravillosa.

—¿Y nuestro anuncio? —dijo malhumorado—. También es una noticia buena.

–Este es su momento, no quiero estropearlo.

¿Habría alguna otra razón por la que no quería anunciar su compromiso?

Christian apartó aquellas preocupaciones de su cabeza y tomó de la mano a Noelle. Juntos, se acercaron al resto del grupo.

–Parece que solo sabes hacer gemelos –le dijo a su hermano, sonriendo a pesar de su abatimiento.

El personal de servicio llevó las botellas de champán que Christian había pedido para brindar por su compromiso y todo el mundo, excepto Brooke, que estaba embarazada, tomó una copa. Nadie parecía recordar que era Christian el que había convocado aquella reunión familiar.

La frustración fue en aumento.

Llevaban treinta minutos de celebración cuando se llevó a Noelle aparte.

–Sigo pensando que deberíamos anunciar nuestro compromiso.

Noelle miró hacia Gabriel y Olivia.

–Ahora no es un buen momento. Y tengo que volver a la tienda.

Su enfado aumentó.

–Creí que nos tomaríamos la tarde libre para celebrar que hacíamos oficial nuestro compromiso.

–Ha surgido algo de lo que tengo que ocuparme.

–¿A qué hora quieres que vaya esta noche?

–Ah, sí, quería comentarte algo sobre eso –dijo, y apretó los labios sin mirarlo–. ¿Por qué no esperamos antes de contárselo a Marc?

–¿Por qué no te llevo a la tienda y hablamos de camino?

–Christian…

–Me debes una explicación por este repentino cambio.

Ella ladeó la cabeza y asintió.

–Lo sé.

Discretamente, salieron del salón y se dirigieron adonde Christian había aparcado su coche.

Después de ayudar a Noelle a subirse, se colocó detrás del volante y encendió el motor. Sin perder el tiempo con preliminares, pisó el acelerador.

–¿Qué está pasando?

–Gabriel y Olivia van a ser padres, y eso lo cambia todo.

–No cambia nada. Sigo siendo el padre de Marc y quiero formar parte de su vida.

–Por supuesto, pero no hace falta que nos precipitemos.

Tanto sus palabras como su tono delataban el alivio que sentía.

Christian apretó los dientes, sin prestar demasiada atención a la conducción.

–No creía que nos estuviéramos precipitando.

–¿No te lo parecía? Íbamos a organizar una boda para Navidad –dijo haciendo girar el anillo en su dedo–. Querías que Marc se convirtiera en tu heredero cuanto antes para que tu familia pudiera mantener la estabilidad.

–Quiero formar una familia contigo y con Marc.

–Y podemos hacerlo, pero no hace falta que sea ahora mismo.

El problema con su argumento era que cada día Christian estaba más impaciente por vivir bajo el mismo techo que ella y Marc. Su vida de soltero ya no le interesaba.

–¿Qué pasa si mi hermano vuelve a tener hijas? –argumentó.

–En un mes más o menos sabrán el sexo de los bebés. De momento…

Noelle se quitó el anillo y se lo ofreció.

–¿Estás rompiendo el compromiso?

Aquello no podía estarle pasando a él.

–No es un verdadero compromiso. Me refiero a que no estamos enamorados, es solo un acuerdo.

Era evidente que ella no tenía la misma percepción de su relación. No se equivocaba. Había justificado el matrimonio con la excusa de reconocer a su hijo.

–Me importas. No quiero perderte.

Ella sonrió.

–Y tú también me importas, pero como sueles recordarme con frecuencia, no estás hecho para el matrimonio. Te ibas a casar conmigo para cumplir con tu deber. Ahora, no tienes por qué hacerlo.

–Quédate el anillo. Pospondremos un mes el anuncio del compromiso.

Noelle apretó el anillo en su puño y dejó caer las manos sobre su regazo.

–No me parece bien quedármelo.

–Es tuyo. Lo compré para ti. Seguiremos como hasta ahora unas semanas más. Tienes razón en que íbamos demasiado rápido. Ahora tenemos todo el tiempo del mundo.

Al ver que no decía nada, la miró. Sentía un nudo en el estómago.

–Dime algo.

–Mira, el caso es que... –comenzó Noelle, y se quedó mirando por la ventanilla antes de continuar–. Te llamé antes para contarte que ha surgido algo.

A Christian no le gustaba cómo sonaba aquello.

–¿De qué se trata?

–De una oportunidad empresarial. Tengo una reunión con un inversor la semana que viene. Está interesado en participar en la producción de una línea de vestidos de novia listos para llevar.

–Eso es fantástico.

Ella sonrió al ver su entusiasmo.

–Estoy muy contenta.

–Pues no lo parece.

–Es solo que el posible inversor quiere que amplíe mi negocio en Estados Unidos, concretamente en Nueva York. Y es allí donde es la reunión de la semana que viene.

Estaba empezando a entender por qué estaba tan apagada.

–Es un viaje largo.

–Es lo que me preocupaba.

–¿Y ya no?

–Creo que la noticia de Gabriel y Olivia puede salvarnos de una buena.

–¿Por qué?

–Nunca has querido casarte y ahora no tienes por qué hacerlo. Marc es tu hijo. Según vaya creciendo, podemos acordar un régimen de visitas que te permita estar con él todo el tiempo posible.

–¿Y qué hacemos ahora? –preguntó, evitando

levantar la voz–. ¿Tengo que dejar que te lleves a Marc a Nueva York y no ver a mi hijo?

–No, claro que no. Tendré que estar yendo y viniendo de Nueva York a Europa. Tengo muchas clientas en este lado del Atlántico y no quiero perderlas. Pero tengo que diseñar una colección para la Semana de la Moda de Nueva York, en febrero, que será el lanzamiento de la línea y probablemente tenga que pasar la mayor parte del tiempo allí.

–Marc debería quedarse aquí conmigo.

De nuevo, estaba usando al niño para distraerla de la verdadera naturaleza de sus sentimientos.

–No puedo dejarlo en Sherdana, es demasiado pequeño y soy todo lo que siempre ha tenido.

–Nunca te lo llevas cuando viajas por negocios, ¿no? Empezaremos poco a poco. ¿Cuánto tiempo vas a pasar en Nueva York la semana que viene?

–Unos cuantos días.

–Perfecto. Vete a Nueva York y reúnete con los inversores mientras yo me quedo aquí y cuido de él. Si nos hubiéramos casado, es lo que habríamos hecho. La única diferencia es que no hay un documento legal de por medio.

–¿Te refieres a un acuerdo sobre su custodia?

–Me refiero a un certificado de matrimonio.

Christian detuvo el coche delante de la tienda de Noelle. Se volvió hacia ella y le hizo abrir la mano.

–No voy a renunciar a casarme contigo –dijo, tomando el anillo y poniéndoselo en la mano derecha–. Quiero que aceptes este anillo como muestra de mi fe en nosotros como pareja y familia.

–Lo llevaré hasta que vuelva de Nueva York. Entonces, nos sentaremos y hablaremos de lo que es mejor para Marc, para ti y para mí.

Lo que significaba que tenía algo menos de una semana para convencerla de seguir adelante con sus planes de boda. Si quería conseguirlo, iba a tener que poner todo de su parte. No estaba dispuesto a cometer el error de perderla por segunda vez.

La mañana en que tenía previsto volar a Nueva York, Noelle se despertó con el estómago encogido por los nervios. Estaba a punto de embarcarse en el proyecto más ambicioso de su carrera. Fracasar no solo supondría dañar su reputación como diseñadora y empresaria, sino haber abierto un abismo entre Christian y ella para nada.

Había decidido no dejar a Marc ni con su padre ni con su abuela.

–Marc, por favor, sube a lavarte los dientes. Tienes que vestirte. El coche llegará en cualquier momento para llevarnos al aeropuerto –dijo Noelle y se volvió hacia su madre–. ¿Por qué se comporta así?

–No quiere ir. ¿Por qué no lo dejas conmigo? –preguntó Mara–. Así no tendrá que quedarse en la habitación de un hotel mientras tú estás trabajando.

Aunque sabía que su madre tenía razón, no podía aplacar el desasosiego que le producía la idea de dejarlo. Había contratado a una niñera para que se quedara con Marc mientras ella se ocupaba de sus negocios, pero la idea de que una desconocida lo llevara a pasear por la ciudad tampoco le agradaba.

Llamaron a su puerta. Por fin había llegado el coche.

–Marc, el coche está aquí. No hay tiempo para más juegos –dijo, deseando hundir el rostro entre las manos y llorar–. Mamá, ¿puedes subir con él para que se cambie?

Todavía en pijama, Marc no paraba de correr en círculos entre la cocina, el comedor, el salón y vuelta a empezar. Noelle miró la hora. Todavía no se había maquillado, tenía el pelo mojado y su blusa estaba manchada de sirope. Fue a abrir la puerta y en vez de al conductor, se encontró a Christian en la entrada.

–Buenos días, Christian. Por favor, pasa. Hay café en la cocina.

De fondo se oyeron las protestas de Marc y la reprimenda de su abuela.

–Estamos en pleno caos y se me ha hecho tarde –continuó Noelle–. Pensé que eras el conductor que he contratado para que nos lleve al aeropuerto. Tenía que haber llegado hace veinte minutos.

En vez de entrar, Christian la acorraló contra la pared y tomó su rostro entre las manos. Las rodillas se le doblaron al sentir sus labios sobre los suyos. El beso fue tierno y lleno de deseo. Noelle hundió los dedos en su pelo y lo atrajo hacia ella.

Era la primera vez que la tocaba desde que había roto el compromiso, y se sintió como una flor abriéndose después de un largo y frío invierno.

–Príncipe papá.

158

Marc apareció en el pasillo, corriendo hacia ellos.

Christian rompió el beso y miró a Noelle con ojos misteriosos antes de levantar a su hijo en el aire, por encima de su cabeza.

Mientras el niño gritaba y reía entusiasmado, Noelle se llevó una mano al pecho y tardó unos segundos en recuperarse. Se le había olvidado de lo maravilloso que era empezar el día con un beso de Christian.

En cuanto Christian dejó a Marc en el suelo, Noelle empujó suavemente a su hijo hacia Mara.

—Marc, por favor, sube con la abuela y vístete para que podamos irnos en cuanto llegue el coche.

—No quiero.

Antes de que pudiera detenerlo, el niño escapó corriendo por la puerta. Noelle fue a salir detrás de él, pero Christian la tomó del brazo.

—Yo iré a por él. ¿Por qué no te relajas unos minutos y te tomas ese café?

—Ya llegamos tarde. Si no nos vamos ya, perderemos el avión.

—Os llevaré yo.

Ella sacudió la cabeza.

—El coche tiene que llegar.

—Me refiero hasta Nueva York.

A espaldas de Christian, el niño corría por el jardín delantero. Noelle estaba tan enfadada con Marc que tardó unos segundos en asimilar sus palabras.

—¿Y cómo vas a hacerlo?

Su sonrisa hizo que se le pusiera la carne de gallina.

–Tengo un avión privado esperándonos en el aeropuerto.

–¿Esperándonos?

¿Qué estaba diciendo?

–He despejado mi agenda de los próximos días para poder acompañaros a ti y a Marc a Nueva York. Pensaba que mientras estuvieras trabajando, Marc y yo podíamos jugar.

–No puedo pedirte que hagas eso.

–No tienes por qué hacerlo. Me ofrezco voluntario.

–Espero que entiendas que es una cuestión de negocios, no pienses que…

Por el brillo de sus ojos, supo que eso era precisamente lo que estaba pensando, pero negó con la cabeza.

–Voy a estar con Marc. No voy a distraerte de tus planes.

Claro que la distraería. Deseaba hacer el amor con él.

–Entonces, voy a llamar al conductor para que no venga.

–Ya lo he hecho.

Antes de que pudiera protestar, Christian ya había salido por la puerta.

–Será mejor que te arregles el pelo y te maquilles –dijo Mara en tono divertido–, aunque no creo que al príncipe Christian le importe. Le gustas demasiado.

Noelle se sonrojó con el comentario de su madre y subió corriendo la escalera para cambiarse de blusa y cerrar la maleta. El que metiera a última

160

hora un camisón de encaje negro no significaba que hubiera cambiado su opinión respecto a que fuera un viaje exclusivamente de negocios.

Al ver a Christian vestido de manera informal, con unos vaqueros, un jersey gris y una camisa blanca, decidió cambiarse el traje de chaqueta por unos pantalones negros, una camisa vaquera y unos zapatos planos negros.

Christian había conseguido que Marc se vistiera, se peinara y se lavara los dientes. Le dirigió una mirada de agradecimiento y bajó la escalera.

El conductor de Christian metió las maletas en el baúl mientras ella colocó a Marc en su asiento antes de meterse en el coche. Christian se les unió al cabo de unos segundos. La preocupación y las dudas que la habían acompañado en los últimos días, perdieron fuerza. Nada más ponerse el coche en marcha, Noelle suspiró y tomó del brazo a Christian.

–Gracias por venir con nosotros.

Él sonrió.

–No tienes por qué dármelas. Estoy encantado de poder acompañaros.

No lo decía para impresionarla, sino porque realmente lo pensaba. Noelle se sintió feliz. De repente, la decisión de romper su compromiso le parecía la peor que podía haber tomado. Christian adoraba a Marc y ella amaba a Christian. Nunca había dejado de amarlo.

Christian tiró del pañuelo verde que se había puesto al cuello, sacándola de sus pensamientos.

–¿Dónde estás? ¿En qué piensas?

–Lo siento.

–Marc y yo estábamos hablando de lo que vamos a hacer en Nueva York. Está entusiasmado con ir a ver un partido de béisbol.

–He metido mi guante en la maleta –anunció el pequeño–. A ver si puedo pillar una pelota al vuelo.

–Tenemos asientos en primera fila. Todo es posible.

–Y también quiero ir a zoo.

–¿Al del Bronx o al de Central Park?

–A los dos.

–Ya veo que vais a estar muy ocupados –dijo Noelle sonriendo.

–Será divertido. Apenas he tenido ocasión de hacer turismo en Nueva York. Siempre que voy es por negocios.

–Me estáis dando envidia –dijo Noelle.

Desde que sabía que tenía inversores para su nueva línea de vestidos listos para llevar, no había dejado de trabajar en los detalles del acuerdo. Le habría gustado tener a alguien que se ocupara de los negocios para poder disfrutar de la compañía de sus dos hombres favoritos.

–Mamá tiene que trabajar.

Marc dedicó una sonrisa a su padre y ambos compartieron una mirada de complicidad que excluía a Noelle.

–Sí, mamá tiene que trabajar –convino ella, feliz de que su hijo tuviera a aquel maravilloso hombre en su vida.

Capítulo Once

Cuando la presión de la cabina cambió, Christian estiró las piernas y miró a su hijo. A pesar de lo excitado que estaba por visitar Nueva York, Marc se estaba portando muy bien. Después de comer, había dormido la siesta, y en aquel momento estaba viendo una película.

Eso les había dado la oportunidad a Noelle y a Christian de hablar. Noelle le había explicado su plan de negocios y le había pedido su opinión.

–Las cifras a tres años vista me parecen algo conservadoras. ¿De veras crees que tu negocio solo crecerá al siete por ciento?

–Siete está un poco por encima de la media, y es una estimación segura.

–No pensé que te conformaras con tan poco.

No había doble intención en sus palabras, pero Noelle lo miró entornando los ojos.

–Ahora, tengo que pensar en Marc. No me gustaría correr riesgos.

–Entiendo –dijo Christian, aunque no estaba del todo convencido.

–Mi prioridad es hacer lo que sea mejor para él.

Habían dejado de hablar de negocios, y Christian no lograba comprender qué trataba de decirle.

–Entiendo –repitió.

–Sé que te lo he puesto difícil. He sido una egoísta.

Era evidente que tenía algo que decirle, así que permaneció callado y dejó que se desahogara. Estaba muy guapa con los labios pintados de rojo y el pañuelo verde haciendo destacar el color avellana de sus ojos. Estaba deseando sentarla sobre su regazo y besarla apasionadamente.

–Quiero que formes parte de la vida de Marc.

Llevaba todo el día cambiándose el anillo de la mano derecha a la izquierda. Christian estaba convencido de que ni siquiera era consciente de que estaba jugueteando con el anillo, ni de que lo llevaba en la mano izquierda en aquel momento, justo donde él quería.

–¿Te refieres a un acuerdo sobre su custodia?

Noelle se quedó pensativa. Unos segundos más tarde, asintió.

–Creo que a Marc le vendría bien pasar más tiempo con su padre.

–Tanto como a su padre –dijo Christian en tono suave.

Se sentía impaciente. Quería tenerlos a ambos, a Noelle y a Marc.

Ella sonrió.

–Siempre tienes las palabras perfectas.

–¿Cuánto tiempo quieres que pase conmigo?

–Evidentemente, dependerá de tus viajes. Había pensado que cuando volvamos, podías llevártelo un día a dormir, a ver qué tal.

–No tuve ocasión de decirte la semana pasada que estoy organizando mis negocios para pasar más tiempo en Sherdana. Estoy dispuesto a pasar con Marc todo el tiempo que me permitas.

Y con ella también, aunque eso no parecía posible.

–Eso es maravilloso. Así, vuestra relación se afianzará.

–¿Y qué tienes pensado hacer con tu tiempo libre?

Si compartían la custodia, tendría tiempo libre para salir con otros hombres. Aunque estaba convencido de que no estaba enamorada de Geoff, no sabía lo que el abogado sentía por ella. De repente, no estaba seguro de la dirección que estaban tomando las cosas.

–Sospecho que durante el próximo año, estaré trabajando sin parar para lanzar la nueva línea de vestidos y continuar con la expansión del negocio. Quiero tener a Marc cerca para que no se sienta rechazado.

Christian se quedó pensativo. No se le había ocurrido que Noelle pudiera sentirse culpable por tener que trabajar tanto para que su negocio prosperara.

–Será bueno que nos tenga a ambos.

–Tienes razón. Estas últimas semanas me he dado cuenta de lo mucho que Marc necesitaba un padre. Siento no habértelo contado antes.

Christian se sintió conmovido por su disculpa, pero no podía permitir que asumiera toda la culpa.

–Nunca te di una razón para pensar que me preocuparía por Marc. Me gustaría poder echar atrás cinco años.

Lamentaba haberse perdido los cuatro primeros años de Marc, pero también lamentaba haberle fallado a Noelle, a pesar de que había creído que apartándola de su lado la estaba ayudando.

Noelle sacudió la cabeza.

–A mí no. Si no hubieras roto conmigo, nunca habría ido a París ni habría tenido la ocasión de trabajar con Matteo.

–Ni de convertirte en una famosa diseñadora de vestidos de novia.

–¿Ves? Al final todo ha salido bien. Me hiciste un gran favor.

Quizá había sido así, pero Christian también se daba cuenta de que se había hecho un flaco favor al dejarla marchar.

Después de un segundo día lleno de reuniones y entrevistas, Noelle regresó agotada a su suite del hotel y se encontró a su hijo con un jersey y una gorra de los Yankees sujetando en su guante una pelota firmada.

–Entonces, lanzó así y la pelota se fue lejos. *Home run!*

Marc levantó los brazos y empezó a correr por el salón de la suite como si estuviera recorriendo las bases de un campo de béisbol.

Noelle miró a Christian, que estaba de pie con las manos en los bolsillos traseros de sus vaqueros, observando con orgullo a su hijo. Se le formó un nudo en la garganta.

–Parece que os habéis divertido mucho.

–Ha sido genial –dijo entusiasmado Marc, y se abrazó a Christian–. Y mañana vamos a montar en barco para ir a la Estatua de la Libertad.

–Ya veo que estáis disfrutando mucho de Nueva York.

De nuevo, Noelle lamentó todo lo que se estaba perdiendo con su hijo.

Christian reparó en su melancolía mientras balanceaba a Marc en sus brazos.

–Podrías cancelar tus reuniones y venir con nosotros.

–Tentador –dijo sonriendo a pesar de lo cansada que se sentía–. Solo me queda mañana para acabar con los últimos detalles.

–Vas a acabar extenuada.

–Lo sé, pero merecerá la pena.

Se sentía satisfecha. A pesar del intenso ritmo que había llevado desde que pisó Nueva York, la nueva línea de vestidos iba tomando forma.

–Estoy muy orgulloso de ti. Quiero que sepas que puedes contar conmigo para lo que necesites.

Mientras Noelle se había perdido en sus pensamientos, Christian había dejado a Marc en el suelo y se había acercado.

La tomó de la cintura y la atrajo hacia él. Noelle sintió que el pulso se le aceleraba. Olía a jabón. Deseaba apoyar la mejilla en su pecho y olvidarse del resto del mundo. Hacía una semana que no hacían el amor, aunque parecía que fueran meses.

Noelle se echó hacia atrás y miró a Christian a los ojos. Sintió que se le doblaban las rodillas al percibir el calor de su deseo y separó los labios al verlo acercar la cabeza. Un pequeño cuerpo chocó contra ellos, lo que le recordó que no estaban solos.

–¿Qué tienes pensando para cenar? –preguntó Christian, retirando el brazo de su cuerpo–. Marc ha tomado un perrito caliente, palomitas y algodón de azúcar durante el partido, así que pensaba que estaría bien que tomara algo más sano y confiaba en que pudieras acompañarnos.

Por difícil que fuera rechazar una oferta de aquel par de ojos dorados, Noelle sacudió la cabeza.

–He quedado para cenar con unos amigos diseñadores y luego tengo que asistir a una inauguración.

Marc no parecía tan desilusionado como Christian. Se lo estaba pasando tan bien con su padre que no sentía la ausencia de su madre.

–Siento que no puedas venir –dijo Christian mientras el niño iba a recoger el guante y la pelota de la mesa.

–Yo también. Si no fueran negocios...

–Para eso has venido –replicó, metiéndose de nuevo las manos en los bolsillos.

Aunque agradecía su apoyo, deseaba que le hubiera pedido que volviera antes para acostar a Marc y pasar un rato a solas con él. En vez de eso, se fue hacia su hijo y la dejó sola para que pudiera arreglarse.

Tres horas más tarde, Noelle estaba junto a Victor, con la mente lejos de los negocios y de los asistentes a la inauguración de una tienda. Estaba considerando fingir que le dolía la cabeza y marcharse al hotel para meter a su hijo en la cama.

Por otro lado, su corazón y su cabeza no se ponían de acuerdo en relación a Christian. Deseaba pasar la noche en sus brazos, como si no hubiera roto su compromiso en un estúpido arrebato. Pero ¿se habría podido casar con él solo para asegurar el futuro del país?

–Han sido un par de días maravillosos –dijo Victor, devolviéndola al presente–. Creo que tu nueva línea va a ser un éxito.

–¿Te he dado ya las gracias por todo lo que estás haciendo?

–Yo solo te he ayudado a echar a rodar.

–Has hecho más que eso. Has despertado el interés de la prensa y me has presentado a las personas adecuadas para que esta línea sea un éxito.

–Creo en ti. Si no fuera así, no me habría asociado contigo. Tienes talento y se te dan bien los negocios. Es un placer trabajar contigo.

–Lo mismo te digo –dijo sonriéndole mientras le apretaba la mano–. Ahora, si no te importa, tengo que volver al hotel para meter a mi hijo en la cama. Apenas le he hecho caso estos días.

–Lo entiendo perfectamente.

Noelle agradeció el ofrecimiento de Victor de llevarla y enfiló hacia la salida. Eran las nueve y media, pero dudaba de que Marc estuviera ya en la cama. Estaba escribiendo un mensaje de texto a Christian, cuando alguien la llamó por detrás. Se volvió y vio a una mujer alta y delgada de treinta y pocos años acercándose a ella. Enseguida la

169

reconoció como la directora de la revista *Charme*. Giselle y ella habían sido rivales en la empresa de Matteo Pizarro.

–Giselle, qué gusto verte –dijo esbozando una sonrisa forzada.

–Tengo entendido que estás de nuevo con el príncipe Christian Alessandro.

En otra época, antes de que se diera cuenta de que Giselle era un víbora, le había contado todo sobre su relación de dos años con Christian.

–Somos amigos.

No estaba dispuesta a contarle nada a aquella mujer.

–¿Tan amigos como para acompañarte a ti y a tu hijo a Nueva York?

Aunque había habido algunos rumores, la prensa todavía no había descubierto la verdadera naturaleza de su relación con Marc.

–Es un amigo –repitió en tono indiferente–. Y ahora, si me disculpas, han sido dos días muy largos.

Se volvió para marcharse, pero las siguientes palabras de Giselle la dejaron paralizada.

–He oído que vas a lanzar una línea de vestidos confeccionados.

A pesar de la animadversión que había entre ellas, Giselle tenía una posición muy influyente en el mundo de la moda.

–Por eso estoy en Nueva York, para reunirme con los inversores y empezar a organizar la producción.

–Vaya. ¿El príncipe Christian no te presta su apoyo? Pensaba que como estáis tan unidos… Además, no sería la primera vez que te ayudara.

¿Qué pretendía Giselle?

—El príncipe Christian nunca me ha ayudado.

—Puedes contarle al resto del mundo lo que quieras, pero a mí no me engañas. Sé la verdad.

—¿Qué verdad?

—Que nunca habrías conseguido el trabajo con Matteo Pizarro si no hubiera sido por la ayuda del príncipe.

—Eso es mentira.

—Oí a Matteo hablando con Claudia sobre ello. Le dijo que eras demasiado inexperta como para contratarte y que nunca lo habría hecho de no haber sido por hacerle un favor al príncipe Christian.

De repente, Noelle se dio de bruces con la verdad. No podía negar que le había sorprendido en su día conseguir el empleo con tan prestigioso diseñador. Su trabajo había sido aceptable, pero no destacable. Solo después de empezar a trabajar con Matteo Pizzaro y sentirse inspirada por su genialidad había empezado a ganar confianza como diseñadora.

—Tal vez sea verdad —concedió Noelle—, pero eso es porque el príncipe Christian supo ver mi talento antes que yo.

Y había resultado ser la excusa perfecta para poner fin a su relación.

Pero ¿tenía sentido?

Giselle se acercó a ella.

—No serías nada si no hubiera usado su influencia para conseguir que Matteo te contratara.

—Quizá no diseñaría vestidos de novia para mujeres ricas e influyentes —convino Noelle, muy lejos de aquella joven ingenua de veinticinco años de la que Giselle se había aprovechado en otra época–. Pero seguiría siendo la madre de un niño increíble. Y, lo mejor de todo, es que no te habría conocido.

Noelle se dio media vuelta y salió del salón. El corazón le latía acelerado, la cabeza le daba vueltas al subirse en el taxi para volver al hotel. No tenía ninguna duda de que Giselle estaba en lo cierto.

Quince minutos más tarde llegó a su suite y se sorprendió al encontrarse a Christian viendo la televisión en su salón. No había ni rastro de Marc.

–Has vuelto pronto –dijo, y apagó la televisión con el mando a distancia antes de ponerse de pie.

–Quería acostar a Marc, pero ya veo que llego tarde. ¿Y la niñera?

–Le dije que se fuera. Quería hablar contigo de un par de cosas.

–Yo también quería hablar de algo.

Christian la miró con curiosidad y le hizo una seña para que se sentaran en el sofá.

–¿Quieres empezar tú? –dijo él una vez hubieron tomado asiento.

–Me he enterado de algo esta noche y me gustaría que me lo confirmaras.

–Adelante.

–¿Hiciste algo para que consiguiera aquel trabajo en Matteo Pizarro?

Parecía asombrado.

–Sí.

–¿Por qué?

–Porque tenías talento y sabía que te gustaría.

Ella sacudió la cabeza.

–Así pudiste romper conmigo sin sentirte culpable.

–Rompí contigo para que pudieras aceptar el trabajo.

–Rompiste conmigo porque querías estar con Talia.

Tomó la mano de Noelle y se la llevó a su mejilla derecha, y ella acarició sus cicatrices.

–¿Qué recuerdas de la noche de mi accidente?

Su primer impulso fue apartar la mano, pero él fue más rápido y se lo impidió.

–Fuimos a una fiesta, bebí demasiado y perdí el control porque pensé que Talia y tú os habíais marchado juntos.

–No bebiste tanto –dijo Christian, y su expresión se endureció–. Te drogaron.

Apenas recordaba aquella noche, pero sabía que no había bebido más de una copa. ¿Drogada? ¿Por qué no se lo había contado antes?

–¿Quién haría algo así?

–Alguien que pensé que era un amigo.

Se notaba en su voz que estaba furioso.

–¿Por qué?

–Ya sabes cómo era la gente con la que salía. El mundo era nuestro patio de juegos y podíamos hacer lo que nos diera la gana sin preocuparnos de las consecuencias. Por el contrario, tú eras responsable y trabajabas duro para abrirte camino en tu carrera. Cuanto más tiempo pasaba contigo, menos los veía. No les hacía mucha gracia, especialmente cuando traté de que formaras parte de nuestro círculo, así que decidieron ir a por ti.

–¿Drogándome?

Noelle se estremeció al recordar aquella noche. Al día siguiente, se había despertado en su cama sin recordar cómo había llegado hasta allí. Había aparecido un vídeo suyo en internet en el que bailaba como si estuviera borracha. Como no recordaba bien lo que había pasado, no estaba segura de si se había comportado así porque Christian se había ido con Talia o si se había ido por las tonterías que había estado haciendo.

–Pensé que rompiste conmigo por cómo me comporté esa noche.

–Y así fue, cuando me di cuenta del peligro que corrías estando conmigo. Querían que salieras de mi vida, y funcionó.

–Te fuiste y me dejaste sola en la fiesta.

Recordaba que le habían dicho que se había ido. Bueno, eso no era del todo así. Los recuerdos de aquella noche se volvían borrosos después de la primera hora. A la mañana siguiente había leído en internet la noticia del terrible accidente de coche. No se hablaba de que hubiera pasajeros, y había asumido que la familia real lo había ocultado.

–Porque pensé que te habías ido. Talia me mandó un mensaje desde tu teléfono diciendo que si no podía tratarte mejor, tal vez uno de tus amigos lo haría. Salí detrás de ti y pensé que te ibas con Andre. En aquel momento, no sabía que era Talia, y los seguí.

–¿Creíste que me había ido con Andre? ¿Cómo pudiste pensar eso?

–Hacía tiempo que no eras feliz y pensé que ya estabas harta.

–Pero ¿qué sentido tendría irme de una fiesta con uno de mis amigos después de mandarte un mensaje? Sabías lo que sentía por ti.

–Sí, pero te hice creer que salía con otras mujeres, cuando sabía que tú no veías a nadie más.

–¿Me hiciste creer? ¿Qué significa eso, que no te veías con Talia y con todas aquellas con las que te hacían fotos?

Christian nunca había tratado de justificar su estilo de vida despreocupado ni le había dicho la clase de cosas que una novia quería oír. Las redes sociales siempre habían dado cuenta de sus hazañas y, a pesar de que le había dolido, Noelle se había dado cuenta de que si quería tenerlo en su vida, debía compartirlo.

–No después de los primeros meses. Solo quería estar contigo –dijo Christian frotándose las sienes–, y eso no me gustaba.

–¿Por qué? ¿Porque no era tan guapa y atractiva como las otras mujeres con las que salías?

–Eras guapa y atractiva, pero no quería que nadie contara conmigo. Y la manera en que me mirabas… Me estaban pasando unas cosas que no me gustaban.

–¿Qué clase de cosas?

–Sentimientos.

–Entiendo que eso te molestara –dijo Noelle con cierta ironía para ocultar el dolor que sus palabras le causaban.

¿Por qué le había fastidiado tanto sentir algo por ella? En aquel momento, se habría vuelto loca de alegría si hubiera sabido lo que significaba para él.

–Sabía desde el principio que no era lo suficientemente bueno para ti –dijo acariciándole la mejilla–. En vez de aprovechar tu talento y marcharte a París o a Londres, seguías en tu pequeño apartamento de Carone, trabajando para un hombre que se adueñaba de tus diseños. Estando conmigo estabas estancada. Por eso te animé a mandar el currículum.

–No era culpa tuya que tuviera miedo. No estaba preparada para irme de Sherdana.

–Pero no fue hasta que pensaste que habíamos roto que decidiste presentarte a la entrevista para el trabajo en Matteo Pizarro.

–Eso no es justo. Cuando pensé que preferías a Talia, supe que tenía que irme de Sherdana.

No supo hasta meses más tarde, después de que se hubo instalado en París, que Christian y Talia no estaban juntos. Había sido entonces cuando se había dado cuenta de que se había dejado vencer por su inseguridad.

–Eso es exactamente lo que quiero decir. Incluso después de que consiguieras el trabajo con Matteo Pizarro, dudaste.

Antes de irse a París, lo había visitado en el hospital con la esperanza de que le pidiera que se quedara. Él se había mostrado distante.

–Me dijiste que habías pasado página.

–Si no te lo hubiera dicho, ¿te habrías ido?

–Quería estar contigo –dijo Noelle sin mirarlo a los ojos.

–Y estar conmigo te puso en peligro. Por tu propio bien, te aparté de mi lado.

–¿Qué habrías hecho si te hubiera dicho que estaba embarazada?

–Quiero creer que habría hecho lo correcto, pero sinceramente, no lo sé.

–¿Qué habría sido lo correcto?

–Casarme contigo y sentar la cabeza, convertirme en un buen padre y marido.

Noelle no pudo evitar esbozar una sonrisa irónica.

–Ninguno de los dos estaba preparado para eso.

–Tú, sí.

–Yo era feliz en París. Me gustaba lo que estaba haciendo. Fue difícil compaginar mi carrera con el papel de madre, pero a la vez me resultó gratificante.

–¿Ves? Romper conmigo fue lo mejor que te pudo pasar.

–Eso no es cierto –dijo Noelle.

Aunque no podía negar que le había hecho un favor en muchos sentidos.

–¿Y ahora, qué hacemos?

–¿Ahora?

–Mira, ya no soy un joven canalla e irresponsable. Has conseguido triunfar en tu carrera y eres una buena madre. Ambos sabemos que lo que hay entre nosotros es más fuerte que nunca. Tengo un hijo al que adoro y quiero ser padre a tiempo completo. Cásate conmigo.

Entendía lo que le estaba ofreciendo y tocó el diamante de su anillo. ¿Por qué no decirle simplemente que sí?

Capítulo Doce

Al ver que Noelle dudaba, Christian sintió que el corazón se le partía.

—Victor me ha convencido de que me venga a vivir a Nueva York durante los próximos seis meses para que pueda dedicarme a la nueva línea.

—¿Victor te ha convencido o ya lo tenías en mente cuando te fuiste de Sherdana?

—Las dos cosas —admitió—. Gracias a ti, a Marc le ha gustado mucho la ciudad y no sé cómo ocuparme de la producción y los detalles de márketing desde Europa.

—Me dijiste que podíamos compartir la custodia de Marc. ¿Has cambiado de idea?

—No, ya se nos ocurrirá algo.

—Pero no estaremos juntos.

Noelle negó con la cabeza.

—El que seamos padres de Marc y que haya una fuerte atracción sexual entre nosotros no son motivos suficientes para que nos casemos. No quiero que nos divorciemos a los pocos años porque solo seamos compatibles en la cama.

—No tengo intención de que nos divorciemos. Quiero pasar el resto de mi vida contigo.

De nuevo, Noelle tardó en contestar. Decidido a luchar por la mujer que amaba, Christian se puso de pie y la tomó en sus brazos. Se dirigió al dormitorio, la dejó de pie junto a la cama, cerró la puerta y se quitó la camisa antes de volverse hacia ella.

—Christian, esto no me va a hacer cambiar de opinión acerca de quedarme en Nueva York.

A pesar de sus palabras, miró con ardiente desesperación su pecho desnudo.

—No pretendo quitarte la idea de que te quedes en Nueva York —dijo, y lentamente recorrió la distancia que los separaba—. Solo quiero lo que sea mejor para ti.

No pretendía que sus palabras la entristecieran, pero de repente se la veía afligida. Con movimientos lentos y tiernos, le quitó el vestido y acarició su piel suave antes de soltarle el cierre del sujetador. Noelle contuvo la respiración al sentir que le rodeaba un pecho con la mano.

Con el deseo entrando en espiral, Christian se puso de rodillas delante de ella, deslizó los dedos por debajo de sus bragas de encaje blanco y se las bajó. El temblor de sus muslos aumentó, amenazando su estabilidad. Para ayudarla a mantener el equilibrio, la tomó de las caderas con las manos mientras recorría su vientre a besos.

No había tenido la oportunidad de ver su vientre abultado con su hijo. Apoyó la frente en ella, sobrecogido por todo lo que se arriesgaba a perder si no podía ganar su amor.

—¿Christian?

—No he sido sincero cuando te he dicho que quería lo mejor para ti. Lo que de verdad quiero es lo mejor para mí, y eso eres tú.

–Hazme el amor.

Sin esperar a que se lo pidiera una segunda vez, la levantó del suelo y la dejó sobre la cama. Noelle se arrodilló sobre el colchón y lo atrajo hacia ella tirando de la cintura de sus pantalones. Después, le desabrochó el cinturón y le bajó la cremallera, hasta liberarlo.

Cuando sintió la destreza de sus dedos rodeando su miembro, dejó escapar un gemido de sus labios. Noelle sonrió al verlo empujar las caderas hacia delante. Demasiado excitado para soportar sus caricias mucho tiempo más, Christian contuvo la respiración.

–Me vuelves loco –gruñó un segundo más tarde, antes de tomar sus labios en un ardiente y apasionado beso.

La ternura se desvaneció bajo el torbellino de la pasión al empujar sus pechos contra él y hacerle perder el sentido con el seductor bamboleo de sus caderas. Christian la tomó del trasero y la hizo rodearlo con las piernas por la cintura.

Pero, al contrario de lo que Noelle esperaba, no la penetró. Sus labios buscaron su clítoris, provocando que levantara la cabeza de la cama y clavara los ojos en él. Deleitándose en su expresión de puro placer, Christian hundió la lengua entre sus pliegues y saboreó su excitación. Jadeando, Noelle echó la cabeza hacia atrás y empujó las caderas hacia delante. Christian sonrió y volvió a repetir sus movimientos, buscando el ritmo que más le gustaba y acercándola poco a poco al orgasmo.

Se corrió en su boca, arqueando la espalda y

gritando su nombre. Después, permaneció tumbada con los ojos cerrados y el pecho subiendo y bajando. Sonriendo, Christian fue dándole besos mientras subía por su cuerpo. Luego se colocó entre sus muslos, la besó apasionadamente y, ante su insistencia, se hundió en ella. Noelle arqueó las caderas para sentir su lenta y profunda embestida.

Christian hundió el rostro en su cuello y empezó a moverse. Un placer enloquecedor lo asaltó y trató de no sucumbir al orgasmo que amenazaba con asaltarlo. Recuperó el control aminorando el ritmo, pero las provocativas caricias de Noelle no se lo estaban poniendo fácil.

–Más rápido –murmuró ella junto a su oído–. Quiero que te corras.

Su voz sensual y el roce de su lengua en un sitio tan sensible le hicieron estremecerse, y a punto estuvo de perder el control.

–Maldita sea, para ya.

Luego, tomó una de sus nalgas y ajustó el ángulo de su pelvis para estimularla mejor con su roce.

Con los ojos cerrados y los labios curvados en una sonrisa de satisfacción, Noelle se ajustó a su ritmo. Absorto viéndola disfrutar, Christian no se dio cuenta hasta que fue demasiado tarde de que no podía contenerse por más tiempo.

–Córrete conmigo –le dijo, más como ruego que como orden.

Luego, la embistió con más fuerza. Ella abrió los ojos y sus miradas se encontraron. Siempre habían conectado muy bien a nivel íntimo. Su vulnerabilidad le había enseñado a ser más sincero. Su fortaleza le había dado la confianza para mostrarse tal y como era. Nunca lo había juzgado ni le había exigido nada. Siempre lo había dado todo, y eso le había hecho desear darle algo a cambio.

Los bonitos ojos de Noelle se abrieron de par en par con los primeros espasmos y Christian se dejó arrastrar por el orgasmo. La vista se le volvió borrosa y vagamente oyó a Noelle pronunciar su nombre.

Después de lo que le pareció una eternidad, las sacudidas de placer fueron siguiéndose una tras otra. Débil y tembloroso, con la respiración entrecortada, Christian apartó su peso de Noelle y la tomó entre sus brazos. Ella correspondió a su abrazo con fuerza. Permanecieron entrelazados varios minutos antes de que Christian se fuera al baño y regresara con su camisón. Mientras Noelle se ponía el camisón, Christian puso la alarma de su teléfono para que los despertara a las cinco de la mañana y tiró de las sábanas para cubrirse. Aquella iba a ser la primera noche que iban a pasar juntos desde que se habían reencontrado y, al ver que Noelle no protestaba, Christian se preguntó si habría cambiado de idea respecto a su proposición. Si accedía a pasar el resto de su vida con él, iba a ser el hombre más feliz del mundo.

Se dejó vencer por el agotamiento. Feliz como hacía tiempo que no estaba, Christian hundió la nariz en el pelo de Noelle y aspiró su olor.

–Te quiero –murmuró, y se quedó dormido.

***

Las palabras de Christian la sorprendieron hasta el punto de impedirle dormir. Antes de que el eco de su voz se apagara, supo por su respiración profunda que se había quedado dormido. Su primer impulso fue despertarlo y obligarle a repetirlas. ¿Se había dado cuenta de lo que había dicho? ¿Cómo era posible que se sincerara estando medio dormido?

Permaneció despierta un buen rato, con la mejilla apoyada en su pecho desnudo, escuchando los latidos de su corazón. Se quedó pensando en el impacto que la expansión de su negocio iba a tener en su hijo y en su vida amorosa. ¿Estaba bien querer tenerlo todo? ¿Tendría éxito con su nueva línea? ¿Formaría con Christian la familia que tanto deseaba?

No encontró ninguna solución aquella noche. Se despertó sola en la cama, con una nota de Christian en la que le decía que se había llevado a Marc a su suite para dejarla descansar. El mensaje era meramente informativo y carecía de cualquier comentario romántico.

Noelle suspiró, se levantó y se fue a la ducha. Quizá todas las hipótesis y conjeturas que había estado haciendo la noche anterior habían sido una pérdida de tiempo. Tal vez, tan solo se había imaginado aquellas palabras que tanto había deseado oírle pronunciar.

No, se negaba a creer eso. Sabía muy bien lo que había escuchado. Christian la amaba. Por cómo la había protegido de sus amigos y había movido sus contactos para que se abriera camino en su carrera, hacía mucho tiempo que la amaba.

De camino a su primera reunión, llamó a su secretaria en Sherdana para confirmar la cita que tenía a finales de semana con una clienta, y se llevó la grata sorpresa de que la había pospuesto hasta el mes siguiente. Eso le dejaba libre el resto de la semana para dedicarlo a pasear por Nueva York con Christian y su hijo.

Sabía que había despejado su agenda para poder quedarse con Marc, así que le mandó un mensaje de texto para preguntarle si podían posponer su regreso a Sherdana. Él le contestó con una foto suya junto a Marc, con los dedos pulgares en alto. Una sensación de ternura se apoderó de ella y se llevó la pantalla al pecho. Después de mandar un sonriente emoticono, pasó el resto del trayecto organizando una cena romántica para dos.

Poco después de las cuatro de la tarde, Christian entró en el vestíbulo del hotel con su hijo dormido en brazos.

Noelle estaba trabajando en la mesa de su suite cuando apareció. Fue a levantarse, pero él le indicó con un gesto que no se moviera. En los dos últimas días, se había acostumbrado a ocuparse del niño y disfrutaba haciéndolo.

Después de quitarle los zapatos a su hijo y cubrirlo con una manta, Christian regresó al salón. Noelle había guardado su ordenador y estaba de pie junto al ventanal, contemplando la ciudad. Al sentir que Christian se acercaba, se volvió, sonriendo.

–¿Otro día agotador?

–Creo que a Marc no le ha quedado nada por preguntar sobre la Estatua de la Libertad.

–Te creo –dijo, y apoyó la cabeza en el hombro de Christian mientras él la rodeaba con sus brazos–. Te quiero.

No estaba seguro de si la había oído bien y se quedó inmóvil por miedo a estropear el momento.

–Aunque creo que ya lo sabes –concluyó ella.

Con el corazón en un puño, la obligó a volverse para mirarlo a los ojos.

–Yo también te quiero, lo sabes, ¿verdad?

–No lo sabía hasta que anoche me lo dijiste justo antes de quedarte dormido –dijo ella sonriendo.

–Siento haber tardado tanto tiempo en decírtelo. Esas palabras han dado vueltas en mi cabeza cientos de veces durante esta última semana. Miles de veces desde que nos conocemos. Creo que llevo tanto tiempo ignorando la verdad que ya se había convertido en un hábito ocultártela.

–No eres tú el único al que le cuesta romper antiguos estereotipos. Puse fin a nuestro compromiso porque pensaba que solo me querías como madre de tu hijo.

–¿Quiere eso decir que has cambiado de opinión y que estás dispuesta a casarte conmigo? –preguntó, tomándole el rostro entre las manos.

–Siempre he querido casarme contigo, eso no cambiará jamás.

Incapaz de controlar por más tiempo su impaciencia, Christian la tomó de los hombros.

–¿Vas a casarte conmigo?

–¡Sí!

Noelle lo rodeó por la cintura y le dio un beso.

Christian no perdió el tiempo en demostrarle su entusiasmo. Un beso siguió a otro hasta que sintieron un golpe en las piernas. Christian se apartó y bajó la vista para mirar a su hijo. Noelle ya estaba acariciándole la cabeza al pequeño.

—Mamá, tengo hambre.

—¿Cómo es posible, después de todo lo que ha comido hoy? —preguntó Christian.

—Tiene que crecer para hacerse tan grande como su padre, y para eso hace falta mucha energía.

Christian se agachó y cargó con su hijo, que rodeó a cada uno de sus padres con un brazo.

—Tu madre y yo vamos a casarnos para que los tres formemos una familia. ¿Qué te parece?

Era arriesgado hacerle una pregunta tan importante a un niño de cuatro años muerto de hambre, pero Christian estaba deseando hacer oficial el compromiso. Y no había mejor forma de hacerlo que contándoselo a Marc.

—Muy bien. ¿Nos iremos a vivir al palacio?

Dos semanas antes era el último sitio en el que quería estar, pero después de conocer a sus primas y recorrer algunas de las habitaciones, estaba deseando irse a vivir allí.

—Podemos pasar temporadas allí —intervino Noelle, dirigiendo una rápida mirada a Christian.

—¿Puedo comer queso? —preguntó Marc, tirando de la mano de Christian.

Noelle le preparó la merienda con lo que había en la nevera. Cuando su hijo se quedó contento, volvió junto a Christian.

–¿Dónde vamos a vivir? La granja es demasiado pequeña y tu apartamento no cuenta con una zona al aire libre para que Marc juegue.

–Estoy negociando la compra de una casa a unos veinte kilómetros del centro de Carone. Después de conocer a Marc, decidí que necesitaba un sitio más grande que el que tengo. Si te parece bien, podemos irnos a vivir allí. Y para el tiempo que tengas que pasar aquí, podemos alquilar un apartamento cerca de Central Park.

–¿Los tres? –preguntó sorprendida.

–Antes de que mis hermanos eligieran el amor por encima de su deber al trono de Sherdana, estuve pensando en expandir mis negocios a Estados Unidos. Es el momento perfecto para estudiar esa posibilidad.

Nada más acabar de hablar, Noelle lo abrazó por la cintura y apoyó la mejilla en su pecho.

–Es un alivio oír eso. No sabía cómo iba a poder vivir lejos de vosotros estos seis meses.

Christian le devolvió el abrazo.

–No pensarías que iba a dejar que te marcharas por segunda vez, ¿verdad?

Ella ladeó la cabeza y sonrió.

–¿Marcharme?

–No tienes ni idea de lo que me costó dejar que te fueras.

La fuerza de su voz la hizo estremecerse y lo atrajo para besarlo. Consciente de que Marc estaba presente, el beso fue breve. Ya habría tiempo para dejarse llevar por la pasión cuando estuvieran solos.

187

En cuanto Marc acabó la merienda, Christian lo tomó en brazos y sacó su teléfono. A pesar de las muchas fotos que había hecho durante el día, en ninguna de ellas aparecía Noelle. Ante la ventana y con el perfil de Nueva York al fondo, tomó una foto de los tres y se la mandó a su familia, con el anuncio de que Noelle y él se habían comprometido. A pesar de la diferencia horaria, enseguida recibieron la enhorabuena de todos.

–Ya es oficial –le advirtió Christian–. No hay marcha atrás.

Noelle lo miró con ojos brillantes.

–Pareces temer que lo haga.

–He aprendido que no hay que dar nada por supuesto –dijo, besándola en la frente.

–Ambos hemos cometido errores y hemos aprendido de ellos. Y es posible que sigamos cometiéndolos.

–Pero mientras no dejemos que las dudas se interpongan entre nosotros, estaremos bien.

–Mejor que bien –lo corrigió, apoyando la cabeza en su hombro mientras observaban a Marc haciendo un puzle de la Estatua de la Libertad–. Vamos a ser muy felices.

Christian la rodeó con fuerza con su brazo.

–Eso, querida futura esposa mía, me parece perfecto.

Bianca

¿Un cuento de hadas de una noche?

UNA NOCHE DE CUENTO DE HADAS

JULIA JAMES

Cruelmente tratada por su madrastra y su hermanastra, Ellen Mountford se había encerrado en sí misma, y había llegado a convencerse de que no valía nada y de que no tenía el menor atractivo. Pero cuando su madrastra y su hermanastra decidieron vender la casa, su casa, la casa de su familia, y apareció un posible comprador, el multimillonario Max Vasilikos, comprendió que no podía seguir escondiéndose. No podía dejar que le arrebatara su hogar.

Max creía que Ellen se negaba a venderle su parte de la casa porque se aferraba de forma insana al recuerdo de su padre, y había llegado a la conclusión de que tenía que tenía que hacerla salir de su caparazón. Todo empezó cuando la invitó a una fiesta y la puso en manos de un grupo de estilistas que sacaron a la luz al cisne que había dentro de ella, una mujer hermosa, divertida e inteligente de la que poco a poco y, sin darse cuenta, se iría enamorando.

Acepte 2 de nuestras mejores novelas de amor GRATIS

¡Y reciba un regalo sorpresa!

Oferta especial de tiempo limitado

Rellene el cupón y envíelo a

Harlequin Reader Service®

3010 Walden Ave.

P.O. Box 1867

Buffalo, N.Y. 14240-1867

¡Sí! Por favor, envíeme 2 novelas de amor de Harlequin (1 Bianca® y 1 Deseo®) gratis, más el regalo sorpresa. Luego remítanme 4 novelas nuevas todos los meses, las cuales recibiré mucho antes de que aparezcan en librerías, y factúrenme al bajo precio de $3,24 cada una, más $0,25 por envío e impuesto de ventas, si corresponde*. Este es el precio total, y es un ahorro de casi el 20% sobre el precio de portada. !Una oferta excelente! Entiendo que el hecho de aceptar estos libros y el regalo no me obliga en forma alguna a la compra de libros adicionales. Y también que puedo devolver cualquier envío y cancelar en cualquier momento. Aún si decido no comprar ningún otro libro de Harlequin, los 2 libros gratis y el regalo sorpresa son míos para siempre.

416 LBN DU7N

Nombre y apellido	(Por favor, letra de molde)

Dirección	Apartamento No.

Ciudad	Estado	Zona postal

Esta oferta se limita a un pedido por hogar y no está disponible para los subscriptores actuales de Deseo® y Bianca®.

*Los términos y precios quedan sujetos a cambios sin aviso previo.

Impuestos de ventas aplican en N.Y.

SPN-03   ©2003 Harlequin Enterprises Limited

TRES DESEOS

MICHELLE CONDER

Sebastiano Castiglione tenía un problema. Su estilo de vida de decadente hedonismo había provocado que su abuelo se negara a cederle el control de la empresa familiar. Para adueñarse de lo que le pertenecía legalmente, Bastian debía demostrar que había cambiado. Una impresionante becaria hizo prender en él una idea... y las llamas de un ardiente deseo.

La inocente Poppy Connelly no estaba dispuesta a convertirse en una adquisición más de los Castiglione, pero no podía rechazar la oportunidad de aprovechar los tres deseos que Bastian le concedió para cambiar la vida de su familia y de sus seres queridos. Su reacción ante tanta pasión era asombrosa. El deseo líquido de la mirada del italiano no iba a tardar mucho en fundir toda su resistencia...

Él quería una madre para su bebé...

CITA CON MI VECINO
KAREN BOOTH

Después de una desastrosa primera cita, la presentadora de televisión Ashley George y el atractivo millonario británico Marcus Chambers se vieron forzados a compartir casa. Cuando un incendio arrasó el piso de Ashley y su vecino le ofreció ayuda, pronto, cayó enamorada de él y de su bebé. Pero, a pesar de su innegable atracción, Marcus solo quería salir con mujeres que fueran apropiadas para ejercer de madre de su hija. Su impulsiva vecina le resultaba por completo inadecuada. Entonces, ¿por qué no era capaz de sacarla de su cama... ni de su corazón?

31901063491601